나의 외로운 지구인들에게

나의 외로운 지구인들에게

1쇄 발행 2023년 9월 1일

지은이 홍예진

펴낸곳 책과이음
출판등록 2018년 1월 11일 제395-2018-000010호
대표전화 0505-099-0411 **팩스** 0505-099-0826
이메일 bookconnector@naver.com
Facebook · Blog /bookconnector
Instagram @book_connector
독자교정 김수민 문미영 박정선 안은아 안지수 이영주

ISBN 979-11-90365-52-9 03810

책값은 뒤표지에 있습니다.
잘못 만들어진 책은 구입하신 서점에서 교환해드립니다.

책과이음 • 책과 사람을 잇습니다!

나의 외로운 지구인들에게

이방인의 시선이
머무른
낯설고도 애틋한
삶의 풍경

홍예진 지음

책과이음

프롤로그

변해가는 세상의 표면에서
변하지 않는 것들

걸핏하면 무릎까지 눈이 쌓이는 앤아버에 살던 시절엔 책을 쓰리라고는 생각지도 않았다. 그저 미대륙 중부 사람들이 살아가는 모습을 저만치서 지켜보는 심정으로 하루하루를 보냈고, 지형도 주택가도 상점가도 영화 세트장처럼 느껴지는 그곳에서 색다른 잎처럼 도드라질 나의 소수성을 의식하고 지내느라 다른 차원의 시력을 키울 뿐이었다.

이방인의 정서로 살다 보니 늘 무언가가 그리웠다. 그 대상은 사람일 때도, 공간일 때도, 냄새와 맛일 때도 있었다. 떠나

온 곳에서 맺은 이전의 관계성에 미련을 두고 있는 동안 같은 시간대에 나를 감싸고 있는 것들에는 좀체 곁을 주지 않고 관조했는데, 지금에 와서 보니 이 책은 그때 싹을 틔운 것들에서 키워낸 열매가 아닐까 싶다. 어쩌면 소속감을 느끼지 못해 바라보기를 체화해온 시선에 맺힌 것들의 초상일지도.

미시간주에서 태어난 아이들이 장성할 때까지 중부에 붙박여 살 줄 알았지만, 나는 거기서도 또 떠나야 했다. 눈 닿는 곳 대개가 너른 평야인 중부에서 유아기를 보내던 큰애가 생애 최초로 뉴욕이라는 대도시를 구경하게 된 건, 나와 남편이 대서양 연안 도시 보스턴에서 내륙으로 들어간 지 네 해가 지난 뒤였다. 둘이었던 우리는 셋이 되어 있었다. 그렇게 다시 온 동부에서, 미시간의 눈밭에 파묻혀 놀던 아이가 뉴욕의 고층 빌딩 실내 창문에 달라붙어 도시의 스카이라인을 보고 눈이 휘둥그레져 어쩔 줄 모를 때, 나는 아마도 막연히, 우리의 삶이 다른 사이클로 건너가게 될지 모른다는 예감을 했던 것 같다.

거짓말처럼 우리 가족은 어느 해 갑자기 중부를 떠났고, 미국 생활의 출발점이었던 동부에서 대서양을 끼고 있는 마을에 정착하게 되었다. 그리고 이곳에서 나는 내 원초적 언어로 글을 쓰기 시작했다. 평온하고 나른한 중부와 달리 활기 넘치는 뉴욕의 놀이터에 감격해 뛰어다니던 아이가 대학생이 될 때까지 수도 없이 절망하면서.

어째서 나는 작가가 되고 싶어진 걸까. 커피를 사랑한다고 커피숍을 차리거나, 담배를 좋아한다고 담배를 심지는 않는데. 왜 어떤 이들은 글을 탐닉하는 취향에 기어이 심지를 꽂아 자기만의 문장을 제조하는 사람이 되겠다는 열망의 불을 붙이고야 마는 걸까.

나를 둘러싼 공포이기도, 허무이기도, 압박이기도 또 동시에 행복이기도 한 것의 출발점에는 늘 문장이 있고, 써내고 싶은 것이 있고, 희망 비슷한 것도 있다. 동시에 나는 원하는 지점에 도달할 자신이 없어 노상 두리번거리고 허우적댄다. 묻고, 묻고, 또 물어도 대답할 사람은 결국 미래의 나밖에 없고, 나는 그게 너무 외로워 움츠러들면서도 글을 지어 세상에 진열하고 싶은 욕구를 누그러뜨리지 못한다.

이 책의 출간 계약을 마쳤을 때, 무언가에 사로잡힌 이들이 으레 그렇듯 기쁘면서도 두려웠다. 쓰는 동안에는 가치 있는 말들만 남겨두고 말겠다는 달콤한 중압감과 자신감의 샘물에 가뭄이 드는 현상 사이에서 휘둘렸는데, 그때마다 이 글들을 써서 묶기로 결심한 즈음의 나를 불러와 마주했다. 찬비에 젖었다가 일순 찬란해진 코네티컷의 풍경을 가르면서, 쓸 수밖에 없는 것들로 들어찬 의식의 도로 위를 질주했던 나를. 그러고 나면 바닥나버린 명분이 도로 채워지곤 했다. 자기 확신이 평균치도 못 되는 사람이 책을 묶어 세상에 내놓는 기적을 나는 이렇게 천천히, 그리고 또 미심쩍게 흡수한다.

대개는 휘발되거나 기억 창고에 머물다 희미해질 것들을 손에 잡히는 책으로 만들어놓는 이 행위의 의미를 묻는다면, 거시적인 것들에 가려진 미시적인 것들의 핍진함을 붙들려는 몸짓이라 답하고 싶다. 쉴 새 없이 변하는 세상의 표면에서도 변치 않는 것들의 진실성을 위해.

늘 그래왔듯 어떤 것은 많이 달라지고 어떤 것은 그 자리에 있다. 미시간의 탐스러운 눈에도, 뉴욕의 스카이라인에도 한결같이 감동했으며, 결국 고향이 된 코네티컷에서 각자의 이야기 속 주인공이 되어가는 나의 아이들처럼.

차 례

더 이상 외롭지 않은 빵

건빵 봉지 속의 별사탕처럼 드문드문 만나는 기쁨이 있다. 사소한 것만으로도 풍요롭고 만족스러울 때. 조급해할 어떤 이유도 없어 나른한 기분을 보상처럼 야금거리기만 하면 되는 일요일 오후가 그렇다. 바깥에서는 봄비가 자분자분 내리고, 오븐에서는 빵 구워지는 냄새가 풍겨 나온다. 이럴 때 주방의 바 스툴에 앉아서 책을 읽고 있으면 문득 나와 나를 둘러싼 것들을 마치 삽화처럼 느끼게 된다. 내가 누리는 틈새의 여유가 분주하고 버석버석한 일상과는 멀찍이 떨어진 세련된 화보처럼 느껴져 순간을 캡처하는 것이다.

전날 청소도 꼼꼼히 해놓은 터라 집 안도 반짝반짝해 마음이 한가롭다. 어리거나 한창 젊었을 때는 이런 일상의 공백을 다룰 줄 몰라 괜스레 나를 연민하며 멍하니 누워 있곤 했다. 처연할 이유가 딱히 없었던 만큼 좀 더 감정에 취해 있으려면 느릿한 음악도 깔아줘야 했다. 어른이 되고, 더구나 엄마가 되어 보니 주말 오후의 빈 시간은 선물이다. 저녁 준비를 해야 할 때가 오기 전 막간의 나태함은 얼마나 감질나고 달콤한지.

식구들이 모두 집에 있는 날에는 끼니도 끼니지만 간식 먹어 치우는 양이 엄청나다. 아들들이 과자 바구니를 뒤적거리기에 오랜만에 펌프킨브레드를 구웠다. 예전에 사둔 펌프킨 통조림이 하나 있는데 유통기한이 지나기 전 해치울 겸 잘 써먹게 되었다. 빵이 구워지고 한 김 식으면 식구들과 티타임을 가질 생각이었다. 하지만 남편이 길게 낮잠을 자는 바람에 나의 계획은 어긋나버리고, 아이들은 빵이 오븐에서 나오자마자 달려와 큰 덩어리로 잘라 한 조각씩 먹고는 각자 자기 방으로 돌아가 은둔해버린다. 게임을 하거나 음악을 들으면서 저만의 세계에서 헤엄치고 있을 테지만 그것도 나쁘지 않다. 나는 내가 미화해둔 일요일 오후의 화보로 돌아가면 되니까.

읽던 책을 들고 소파로 갔다. 소파에 드러누워 책을 좀 더 읽다가 물을 끓여 밀크티를 만들었다. 밀크티와 함께 계피향 풍성한 펌프킨브레드를 먹고 있으니 옛날 생각이 났다. 이 펌프킨브레드 레시피는 미시간에 살 때 이웃인 제니한테서 얻은 것이었다. 나보다 몇 년 선배 주부이자 엄마였던 제니는 요리도 잘할뿐더러 사람들을 집으로 자주 초대할 만큼 인정이 많았다. 처음 제니네 집에 가서 차 대접을 받으면서 이 빵을 먹어보았을 때 예상을 뛰어넘는 맛에 눈이 휘둥그레졌었다. 가을 정취 물씬한 색감도 좋았고, 입속에서 탐스럽게 씹히는 식감과 향기로운 계피 냄새도 그만이었다.

그 뒤로도 여러 차례 기회가 와서 제니가 만든 음식을 먹어볼 수 있었는데, 제니는 선천적으로 요리에 재능이 있었다. 그 덕분에 나는 미국 주부들이 집에서 구운 빵이나 과자들이 시중에 파는 것들과는 비교도 할 수 없을 만큼 맛있다는 걸 알게 되었고, 그때부터는 나도 미국식 빵 굽기에 흥미를 갖고 레시피니 베이킹 도구니 하는 것들을 수집하기 시작했다.

제니네 집에서 펌프킨브레드를 처음 맛봤을 무렵, 나의 큰아이는 태어난 지 다섯 달쯤 되었는데, 그 음식의 레시피를 얻게 된 건 둘째 아이가 태어났을 때였다. 둘째를 출산하고 병원에서 퇴원해 돌아온 이튿날인가, 누군가 우리 집 현관문을 두드렸다. 문을 열어보니 펌프킨브레드 두 덩어리를 곱게 포장해서 들고 서 있는 제니가 있었다. 아기가 태어난 걸 축하한다는 말과 함께 내민 빵 포장지 위에는 얌전하게 인쇄한 레시피가 붙어 있었다. 내가 이 빵을 처음 먹어봤을 때 보낸 호들갑스러웠던 찬사를 기억하고 레시피까지 첨부해준 마음 씀씀이가 어찌나 고맙던지, 연고 없는 이국땅에서 아기를 낳고 지친 심신에 큰 위로가 되어주었다.

그 동네로 처음 이사 갔을 때, 그저 이름 모를 이웃집 미국 여자였던 제니가 미시간의 눈 덮인 동네 풍경 속에서 아들 둘을 장난감 수레에 싣고 산책하던 모습이 아직 눈에 선하다. 나는 그때 태어난 지 몇 개월 되지 않은 첫아이를 등에 업고 자장가를 불러주며 집 안을 서성이다가 창 너머 바깥쪽에서 파란색 파카와 흰색 털모자 차림으로 수레를 끄는 이웃집 여자를 바라봤다.

자장가라고 내 입에 붙은 것들은 다 한국말로 된 것이었는데, 등에 붙은 아기의 체온을 느끼면서 한국 노래를 부르고 있으면 서글퍼지곤 했다. 미 중부 지역의 평온한 교외 동네 풍경은 내게 익숙한 서울과는 너무나 달랐고, 내 아기 귀여운 걸 실컷 자랑해도 받아줄 피붙이 하나 주변에 없었고, 설상가상 그 소도시로 이사 간 지도 얼마 되지 않은 터라 교류하고 지내는 사람이라고는 단 한 명도 없을 때였다. 누가 툭 찌르기만 해도 눈물을 쏟을 것처럼 외로운데, 그 기분에 잠식되지 않으려고 무진 애를 쓰며 아기를 돌보고 남편이 퇴근해 올 시간만 기다리며 하루하루를 보내던 차였다.

그런 때에 제니가 우리 집 앞을 지나다가 말을 걸어준 것이다. 제니는 새로 이사 온 내게 일부러 다가와 인사를 건네고는 자기 집으로 차를 마시러 오라고 했다. 그때는 그저 인사말이려니 했는데 며칠 뒤 제니가 정식으로 초대를 해줬다. 이런저런 기회를 통해 미국인들과 인연을 맺게 되었어도 제니가 유독 기억에 남는 건, 내가 사람을 사무치게 그리워할 때 손을 내밀어준 사람이었기 때문이다. 아직 기어 다니지도 못하는 내 첫 아이를 무릎에 앉혀놓고, 제니가 끓여준 차를 마시고, 제니가 직접 구운 펌프킨브레드를 먹을 때의 실내 공기, 따뜻한 색감의 커튼, 식탁 옆 창가를 통해 들어오던 햇살 같은 것이 지금도 기억 속에 보송보송한 온기를 품고 저장되어 있다. 아마도 그때의 나는 사람의 온기를 느껴보려고 오감을 활짝 열어두고 있었던가 보다. 멀어서 갈 수 없는 친정과 보고 싶은 고국의 친구들 대신, 백인만 살던 동네의 유일한 아시아 사람인 나를 초대해준 제니에게서 사람 냄새를 맡으려고.

어디든 사람 사는 곳에서는 위안을 주는 사람과 상처를 주는 사람이 공존하게 마련인데, 제니 같은 사람을 경험한 기억은 내 오랜 이국 생활에 배짱을 만들어주는 요긴한 자산이 되었다. 때때로 미국 사람들과 정서가 달라 서운한 일이 벌어지기도 한다. 그럴 때 나는 동네의 유일한 동양 여자였던 내게 말을 걸어주고, 여러 차례 집으로 불러서 맛있는 음식을 대접해주던 제니를 떠올린다. 제니를 기억해내고 나면 사람에게 다친 마음이 조금 다독여지곤 한다. 당장 보이지는 않아도 어딘가에 속속 숨어 있을 '제니'들을 또 만나게 될 거라며 나를 위로하는 것이다. 실제로 2번 제니, 3번 제니들이 가끔씩 나타나 내 긍정이 틀린 게 아니었음을 일깨워주니까.

한 해 한 해 차곡차곡 이민 생활의 경력이 쌓여가는 것과 비례해 그간 모은 홈 베이킹 레시피도 종류가 꽤 많아졌다. 펌프킨브레드 말고도 만들 줄 알게 된 빵 종류가 많다. 하지만 어떤 빵을 구워서 먹어도 제니가 준 레시피로 만든 펌프킨브레드만큼의 충족감에 비할 수 없는 건 바로 기억 때문일 터다. 눈물 젖은 빵을 먹어보기 전까진 인생을 논하지 말라는 경구를 굳이 인용할 필요도 없이, 제니표 레시피의 펌프킨브레드 안에는 그걸 처음 먹어봤던 시절의 외로움과 막막함, 그리고 제니를 향한 고마움이 담겨 있는 것이다. 그러니 이 빵이 오븐에서 익고, 오븐 속 빵 냄새가 내 주방에 퍼지고, 내가 키워낸 아이들이 그 빵으로 배를 채우는 것을 볼 때의 마음이 어떻게 다른 빵을 대할 때와 같을 수 있을까.

제니와 교류를 시작했을 때 그 집 아들들은 다섯 살 그리고 세 살이었다. 제니네 집에 처음으로 놀러 갔던 날 아기 띠에 매달려 내게 밀착되어 있었던 나의 첫아이, 레시피가 붙은 빵 두 덩이를 건네받은 날 태어난 지 일주일도 채 되지 않았던 나의 둘째 아이도 얼마 안 있으면 성인이 되어 둥지를 떠날 것이다. 내 아이들은 그 시절 제니의 아들들보다도 훨씬 더 커버렸는데, 그녀가 베풀어준 넉넉한 마음의 유산은 오늘 내 아이들의 오후 간식으로 구워져 주방에 달콤한 향기를 채워놓는다.

읽던 챕터를 끝내고 책에서 눈을 떼니 비가 그친 마당에 어스름이 깔리기 시작한다. 선물 같았던 오후도 책과 함께 덮는다. 저녁 준비를 위해 스툴에서 일어나는 순간 빵 냄새 고여 있던 공기가 후욱 흩어진다.

17

너를 위해서라면 천 번이라도

낸시의 그해 여름 휴가지는 뉴햄프셔의 아름다운 호숫가였다. 조부모를 중심으로 자손들이 전부 모인 대대적인 가족 행사 차원의 휴가라고 했다. 낸시의 남편은 일곱 형제자매 중 셋째였다. 낸시는 휴가에서 돌아와 도서관 서가 앞에서 나와 마주쳤을 때 고개를 절레절레 흔들었다. 성격이 예민한 시어머니가 하도 피곤하게 굴어서 누구도 즐겁지 않은 휴가였다고 했다. 낸시의 시부모님이 친자식 셋 외에도 아이 넷을 더 입양해 키워낸 사실을 알고 있던 터라 나는 좀 의아했다. 너그럽고 좋은 분 아니냐고 반문했더니, 낸시가 분이 덜 풀린 어조로 목소리를 깔았다.

“그럼 뭐 해! 그 성격에 감당이 안 되니까 입양한 자식들한테 그렇게 소리를 질렀다는데.”

여자들끼리 시어머니 흉보는 건 어느 문화권에서나 흔한 일일 테지만 이건 좀 다른 차원의 치부라서 나는 흠칫 놀라 되물었다.

“그럴 걸 입양을 왜 하신 거래?”

낸시는 입술 끝을 비틀더니 혀를 찼다.

“물론 시작이야 좋은 의도였겠지만 막상 해보니까 감당이 안 되었던 게지. 자기 그릇을 과대평가하고 낳은 자식보다 더 많은 아이를 입양했으니 오죽하겠어!”

낸시의 남편에게 한국에서 입양된 동생이 있다는 말을 들은 건 낸시 부부와 처음으로 함께 식사 자리를 가질 때였다. 우리 부부가 한국인이라는 걸 알게 되자 친밀감을 자아낼 화제로 대화를 끌어가려고 일부러 그 동생 이야기를 꺼낸 것 같았다. 이상했던 건, 이후엔 동생과 관련된 이야기를 별로 듣지 못했다는 점이다. 가만 보면 생물학적 관계인 형네 가족, 누나네 가족과만 주로 왕래하며 지내는 것 같아서 물어보기도 망설여졌고, 그러자니 어쩐지 마음이 쓰여 그 동생과도 만나 어울렸다는 이야기가 들려오지 않나 내심 기대했다. 도서관에서 낸시를 우연히 만났을 때 그 집안의 일곱 형제자매가 자녀들을 데리고 부모님과 다 함께 모여 휴가를 보냈다는 말에 괜히 반갑고 안심이 되었던 건 평소 내가 그 동생의 안부를 묻고 싶은 마음을 억누르고 있어서였던 것 같다. 혹시 그가 집안에서 차별받고 있는 건 아닌지, 나처럼 한국인의 피가 흐르고 있다는 유대감으로 그를 염려하는 오지랖이 발동한 것이다.

그 집안의 생물학적 자식 셋이 전부 의사인데, 한국에서 왔다는 동생은 다른 직종에 종사하고 있다는 것도 입양된 자식들이 집안에서 겉도는 증거처럼 느껴졌다. 분명 내가 불필요한 촉을 세우는 것이긴 했다. 하지만 그 동생이 한국 출신이라서 그런지 자꾸 신경이 가는 건 어쩔 수가 없었다. 그의 직업은 군인이었는데, 언젠가 낸시에게 슬쩍 근황을 물어보니 아프가니스탄에 파병되어 가 있다는 말을 들려주었다.

미군이 아프가니스탄에서 철수하는 걸 보며 다양한 시점과 분석이 횡행한다. 광폭했던 과거 행적의 그림자를 달고 결국 집권 세력이 된 탈레반을 바라보는 국제 사회의 무력감, 카불 거리의 푸석거리는 석회 먼지처럼 뿌옇고 불투명한 아프가니스탄의 미래, 그 땅의 싸움판에 뛰어들었던 서방 세계에 대한 책임론, 종전 결정을 한 공화당과 군 철수를 실제 진행한 민

주당 사이에서 벌어지는 미국 정가의 공방까지, 모두 비루하고 암울한 냄새를 풍기는 이야기뿐이다. 다만 이 시점에 와서 사람들 마음에 머무는 문장은 유사할 것이다. 자본과 시간을 쏟아부어도 끝내 상실만을 남기는 일들이 있다는 것.

국제 사회가 보는 시각이 무엇이든 미국이 더 이상 아프가니스탄에 관여하기 어려운 상황에 와 있는 건 자명하다. 이십 년 동안이나 군력을 소비하고도 해결하지 못한 전쟁을 지속하는 건 이미 발생한 매몰 비용에 붙들려 효용 없는 일을 지속하는 악순환의 굴레에 갇히는 일이니까. 애꿎은 젊은이들이 목숨을 잃거나 다치는 걸 더 이상 좌시할 수 없다며, 바이든 대통령은 아프간의 미군 병력 철수와 관련한 입장을 발표했다.

미국에는 가족의 일원 중에 직업군인이 있는 경우가 흔하다. 어마어마한 군사력을 가진 지구촌 큰형님의 위세만큼 인력도 비례할 수밖에 없는데, 그 인력이 실전에 직간접적으로 연관되는 사례도 잦다. 그러니 미국에서 군인이 된다는 것은 참전을 각오해야 한다는 말과 다름없다. 그야말로 목숨을 내놓고 일하는 직업인 것이다.

미국인들의 실생활을 지켜보면 군인들에게 보내는 존경과 존중이 국민 정서에 짙게 깔려 있다는 것을 느끼게 된다. 큰아이가 고등학교를 졸업할 때 보니 사관학교로 진학하는 학생들과 직업군인으로 자원한 학생들에게는 스포트라이트를 비추고 박수를 보내는 시간이 행사 절차에 따로 마련되어 있었다. 내 아이가 한 시절 좋아했던 어떤 여학생도, 내 아이의 유치원 시절 사진 속에서 젖살 통통한 얼굴로 함께 웃고 있는 어떤 남학생도 사관학교에 지원하고 합격해 이 지역을 떠났다.

바닷가가 가까운 우리 동네는 근처에 해군 부대도 있고 해안경비학교도 있어서 어디를 가든 제복 입은 군인들과 마주치게 된다. 며칠 전에는 젊다 못해 '어린' 여군들이 옹기종기 모여서 샌드위치를 먹고 있는 걸 봤는데, 나도 모르게 자꾸만 눈이 갔다. 군복 위로 솟은 얼굴들이 어찌나 여릿하고 귀여운지, 그렇게 앳되고 곱상한 얼굴을 한 이들도 격전지로 파병을 가려나 싶어 마음이 복잡했다. 군복보다는 팔랑거리는 원피스를 입고 까르르 웃으며 놀러 다니는 게 어울릴 얼굴들이었다. 포탄이 오가는 전쟁터에 그들이 가 있는 모습을 상상해봤는데 도무지 어울리지 않는 그림이었다.

낸시의 시동생 이야기로 돌아가려니 다시 마음 한구석이 뻐근해진다. 어느 날 하루는 낸시에게, 한국에서 입양되었다는 그 시동생 말이야, 라고 말문을 연 적이 있었다. 낸시의 얼굴에 일순 당혹감과 긴장감이 서렸다.

그때 낸시와 나는 각자의 아이가 참가 중인 육상 대회가 열리고 있는 공원에 있었다. 여러 학교에서 모인 각양각색 유니폼 차림의 아이들이 출발 신호와 함께 일시에 달려 나가는 모습은 마치 색동의 파도가 퍼지는 듯한 장관이었고, 대개가 선수들의 가족인 관중은 행여 자신이 응원하고 있는 아이의 이름이 묻힐세라 있는 힘껏 고함을 질러 목소리를 띄워 올렸다.

"달려, 제이콥!"

"힘내, 카일리!"

"그렇지! 넌 할 수 있어!"

아이들이 멀리까지 달려 나가 시야 밖으로 사라지고 난 뒤, 낸시와 나는 반환점을 돌아 다시 나타날 아이들을 기다리면서 이런저런 잡담을 나누고 있었다. 화제가 낸시의 시집 식구들 이야기 쪽으로 넘어간 터라 연관 주제가 나와서 낸시의 시동생 안부를 슬쩍 물어본 차였다.

이윽고 표정을 가다듬은 낸시가 소식을 전해주었고, 그 말에 내 얼굴은 순간 딱딱하게 굳었다. 낸시의 시동생은 아프간 군벌 무장 세력이 설치한 폭발물이 터지는 바람에 현장에서 즉사해 미국으로 돌아오지 못했다고 했다.

훈풍이 지나가는 공원에서 낸시가 알려준 그의 죽음은 마치 일부러 슬프게 짠 각본처럼 비현실적으로 들렸다. 단풍의 채도를 높이는 가을 햇살이 내리쬐는 가운데, 낸시의 어깨 뒤편에서는 쾌적한 공원의 활기에 들뜬 사람들이 기대와 미소에 찬 얼굴로 자신의 아이들을 기다리고 있었다. 그 화목하고 따뜻한 배경을 일순 흑백으로 만들어버리는 충격, 한 남자의 생이 머나먼 땅에서 폭발과 함께 마감했다는 말은 농담일 수 없었고, 그걸 인식한 순간 내 마음에 떨어져 내린 돌덩이의 타격감을 나는 아직도 잊지 못한다.

아프가니스탄 출신 미국인 저자 할레드 호세이니의 소설 《연을 쫓는 아이》 마지막 부분에서 주인공 아미르가 카불로 가서 온갖 고초를 겪어가며 구해 온 아이 소랍에게 연날리기를 가르쳐주며 말한다.

"널 위해서라면 천 번이라도."

어린 시절의 둘도 없는 친구였으며, 실상은 배다른 형제이기도 했던 하산이 아미르와 놀 때 끝도 없이 연을 잡아다 주며 하던 말이었다. 내면의 결핍이 촉발한 일그러진 이기심 때문에 하산을 배반한 아미르는 그 시절의 멘토였던 아저씨가 일러준 말에 이끌려 '다시 착해질 수 있는 길'로 가기 위해 고국 아프가니스탄을 찾았다. 탈레반 치하에서 몹쓸 짓을 당해 마음을 크게 다친 하산의 아들 소랍을 구출해 미국으로 데려오기 위해. 아미르는 마음의 병으로 실어증에 걸린 소랍에게 수도 없이 연을 잡아다 주며 이미 세상에 없는 존재가 된 과거의 둘도 없는 벗에게 뜨겁게 사죄하고 참회한다.

내가 즐겨 찾는 우리 동네 인근의 해변 공원에서도 바람이 좋은 날이면 연을 띄우는 사람들을 볼 수 있다. 얼레를 감거나 푸는 이가 꼬마와 어른 한 쌍일 때도 있고, 제법 자란 아이 혼자일 때도 있다. 꼬마든 아이든 능숙하게 연을 날릴 수 있을 때까지 누군가가 수도 없이 연을 잡아다 주었을 것이다. 꼬리를 나부끼며 파란 하늘을 유영하는 연을 볼 때면, 그 몸체가 떠오르는 순간 환호할 존재를 위해 무수히 달려 나가 연을 잡아다 준 마음도 함께 매달려 떠다니는 것처럼 보인다.

낸시의 시동생에게도 그런 사람이 있었을까. 몇 번이고 연을 잡아다 주면서 '너를 위해서라면'이라고 말해준 이가. 자신의 아미르를 만나지 못한 그는 '다시 착해질 수 있는 길'을 아무에게도 알려주지 않고 사라졌다. 그를 낳은 한국도, 그를 키운 미국도 아닌 곳에서.

25

강을 건너 폭설 속으로

배를 타기에 좋은 날씨는 아니었다. 하늘은 잿빛으로 낮게 깔려 있었고, 곧 눈이나 비가 내릴 것처럼 대기가 꾸물꾸물했다. 룸메이트와 나는 우리를 만류하는 내면의 목소리를 외면하면서 배에 몸을 실었다. 어떻게든 되지 않겠느냐며 돌아올 방법에 대해선 크게 고민하지 않는 만용을 부린 것이다. 그날만은 반드시 파리 시내로 들어가야 했다. 정말이지 더는 견딜 수 없었으니까.

그때 나는 파리 외곽의 한 마을에서 작고 낡은 아파트를 다른 유학생과 나눠 쓰고 있었다. 파리를 벗어나면 금세 도달하는 마을이긴 해도 지하철 노선이 닿지 않아 몽파르나스 기차역에서 국철을 타야 갈 수 있는 곳이었다. 지하철역이 촘촘하게 박혀 있고 도시 규모가 작아 웬만한 곳은 걸어서도 다닐 만한 파리 시내와는 사정이 달랐다.

지방에서 갑작스레 수도권으로 이동해야 했던 나는 급하게 집을 구하느라 조건을 꼼꼼히 따지지 못했다. 이사를 하고 나서야 마을의 교통이 불편한 걸 깨닫고는 파리 시내로 들어가기 위해 거처를 알아보던 중이었는데, 하필 그 마을에 거주하는 잠깐 사이에 프랑스 근대사에 한 획을 그은 대규모 총파업이 벌어지고 말았다. 버스, 지하철, 기차, 항공기를 망라한 프랑스 전국의 모든 대중교통 운행이 전면적으로 중단된, 실로 어마어마한 파급력을 지닌 근로자 봉기였다.

짧게 끝나지도 않았다. 이곳저곳에서 산발적으로 파업과 집회가 벌어지다가 어느 시점부터는 전국의 대중교통이 일제히 멈춰 섰는데, 어렴풋이 기억하기로 한 달 가까이 지속되었던 듯하다. 당시 정권을 잡은 자크 시라크 대통령과 알랭 쥐페 총리가 야심을 품고 시행하려던 복지 제도 개편 계획이 발단이었다. 연금과 가족수당, 의료보험 등 전면적인 복지 예산 축소 선언에 온 국민이 똘똘 뭉쳐 정부와 맞선 것이다.

하지만 프랑스가 어떤 나라인가. 근로자들의 여름휴가는 한 달이나 되며, 우체국이나 은행도 점심시간에는 셔터를 내리고, 일요일에는 슈퍼마켓조차 문을 닫는 곳 아닌가. 혁명으로 왕정을 무너뜨리고 왕과 왕비를 광장으로 끌고 나와 목을 친 역사의 흔적은 그들의 생활 곳곳에 배어 있었다. 그 나라에서 가장 성대하게 기념하는 국경일이 혁명일인 걸 보면 그들이 자신들의 정체성을 어떻게 인식하는지 알 만하다. 당시의 시라크 정부는 그걸 간과한 것이다.

자가용 없이 도시 바깥에 살고 있던 나와 룸메이트는 교통 파업으로 인해 꼼짝없이 발이 묶이고 말았다. 학교 수업에 출석하는 건 금세 체념했지만 젊은 몸과 마음이 고요한 교외 마을에 갇혀 있으니 피가 들끓어 미쳐버릴 지경이었다. 어서 파업이 끝나길 학수고대하며 뉴스를 들여다보고, 겨울이라 인적 없이 스산하기만 한 공원을 거닐고, 아파트 옆 작은 상점에서 생필품을 사는 게 할 수 있는 일의 전부였다. 버스가 다니질 않으니 평소 장을 보던 마트조차 가지 못해서 식사 메뉴도 한정적이었다.

그러던 어느 날, 몇 번 인사를 나눈 적이 있는 동네 주민 M이 배로 파리에 들어가는 방법을 알려줬다. 마을 교차로에서 뻗어나가는 비탈길을 한참 내려가면 센강 줄기를 타고 마을과 파리 중심부를 왕복하는 배의 선착장이 나오는데, 그 배가 민영 유람선이라 파업의 영향을 받지 않고 있다는 거였다. 인내심 수은주가 파열할 지경에 놓여 있었던 룸메이트와 나는 반색하며 선착장의 정확한 위치를 물었다. M은 자기 친구도 불러 넷이 함께 파리에 가서 놀다 오자고 제안했지만, 우리는 그의 추파를 요령껏 따돌리면서 그가 배의 시간표를 불게 하는 데 성공했다.

그날 배를 탄 건 결과적으로 바보짓이었다. 파리에 도착해 잠깐은 해방감에 들떠 이곳저곳을 쏘다녔지만 우리는 곧 돌아갈 배편을 걱정해야 했다. 배에서 내릴 때부터 조금씩 나부끼던 눈발이 두어 시간 뒤에는 거리를 새하얗게 뒤덮는 폭설로 변해 있었다. 우리의 염려는 현실이 되어 결국 배가 끊기고 말았다. 유일한 교통수단은 택시뿐이었지만 때가 때이니만큼 택시 잡기는 하늘의 별 따기였고, 더구나 시내를 벗어나는 택시는 있지도 않았다.

우리는 눈발이 몰아치는 거리에서 추위와 겁에 질려 사색이 된 채 이리 뛰고 저리 뛰었다. 남의 차라도 얻어 타볼 심산이었다. 남들의 긍정적인 태도에 동화되어 안일하게 시내로 나온 어리석음을 자책하면서. 핑계 같지만 그건 다 파업과 관련해 내비쳤던 프랑스인들의 느긋함에 전염된 탓이었다. TV 뉴스를 통해 중계되는 관련 보도를 보면서 우리는 굉장히 이상하고 생경한 점을 발견했는데, 이 엄청난 파업에 대해 흥분한 어조를 띄우거나 불만을 표출하는 사람을 볼 수 없다는 것이었다. 앵커는 정부와 시민연대 각각의 입장을 중립적으로 전했고, 리포터는 이 상황을 시민들이 얼마나 긍정적으로 견뎌내고 있는지에 관해 현장 스케치를 내보냈다. 그뿐인가. 리포터가 마이크를 들이대도 시민들은 한 번도 인상을 찌푸리지 않았다. 심지어 미소를 지으면서 오토바이나 자전거, 롤러블레이드 등을 동원해 통학 및 출퇴근을 하고 있다며 담담하게 인터뷰에 응했다. 많이 걸으니 운동도 되고 좋은 면이 있다고 말하는 이도 있었다.

언론에서 내보내는 영상을 보며 의구심을 품었다. 누구 하나 다급한 사람이 화면에 잡혀야 정상 아닌가 싶어서였다. 이렇게 인정사정 볼 것 없이 대중교통 운행을 다 중지하면 부득이한 사정이 있는 사람은 어떻게 하냐고 악다구니를 치는 사람도 나오기 마련이라는 내 고정관념은 당시의 프랑스에선 아귀가 맞지 않았다. 룸메이트와 나는 이런 의견을 나누며 고개를 갸웃거리다가 급기야 언론이 지침을 정해 보도하나 보다고 의심하기에 이르렀는데, 그 생각도 이내 거둘 수밖에 없었던 것이, 현실에서 마주치는 프랑스인들도 마찬가지였기 때문이다.

언론에 노출되는 시민이나 실제로 만나는 시민 중 누구도 파업에 불만을 내비치지 않는 게 이상해서 몇 번인가는 슬쩍 떠보기도 했다. 소용없었다. 프랑스인들에게서 돌아오는 답의 골자는 같았다. 모두의 복지를 지키기 위한 투쟁이라는 거였다. 누구라도 언젠가는 파업의 핵심에 들어갈 입장이 될 수 있으니 현재의 이슈가 본인과 큰 관련이 없을지라도 인내하고 협조하는 게 옳다고 말하는 사람까지 있었다. 정말이지 내게는 충격적인 문화 체험이었다.

급할 때 도움을 청할 연고 하나 없는 이방인 신세를 망각하고 배를 탔던 건 그 때문이었다. 모두가 그토록 느긋하고 긍정적이었으므로 우리 역시 교통 파업으로 인한 불편을 대수롭지 않게 여기는 쪽으로 태도를 바꾼 것이다. 폭설이 내리는 거리에서 집에 돌아갈 방법을 찾지 못할 줄은 예상하지 못하고.

다행히 길바닥에서 동사할 운명은 아니었는지 흰 눈을 뒤집어쓴 채 파랗게 질려 있던 우리 앞에 세단 한 대가 멈춰 섰다. 천신만고 끝에 마음씨 좋은 아주머니의 차를 얻어 타고 집에 돌아온 이후, 우리는 파업이 끝날 때까지 마을에 붙박여 지냈다. 돌아오는 길이 차단되었던 경험이 트라우마로 남은 것이다. 시라크 정부는 결국 복지 개편안을 철회했고, 파업은 근로자의 승리로 끝났다. 지금으로부터 28년 전, 1995년에 일어난 일이다.

그로부터 사반세기가 흐른 시점에 이 글을 쓰고 있는 나는 미국에 살고 있다. 현재 내가 앉아 있는 자리에서 마주 보이는 창밖에는 파리행 배를 탔던 그날처럼 잿빛 하늘이 깔려 있다. 심지어 눈발도 날린다. 계절과 공기는 그날과 흡사하지만 많은 것이 변했다. 그때의 나는 복지 사수를 우선으로 알고 싸우던 사람들을 목도하고 있었고, 현재의 나는 시장 경제 원리가 지배하는 대륙에서 살고 있다. 거기나 여기나 어떤 면에선 각자 변했으나 한 가지 접점은 있다.

사방의 냇물이 큰 강으로 모여들어 목적지로 가던 시절이 있었다. 1995년의 프랑스 파업처럼 어마어마한 물줄기는 아닐지라도, 한때 인간은 대의를 위해 개인의 불편을 견디는 것을 미덕으로 여기기도 했다. 지금은 세상 어디에도 하나가 되어 흐르는 강 같은 건 없다. 여러 갈래의 하천이 저마다의 방향으로 흐르며 지구 표면을 골고루 뒤덮어 흐를 뿐이다. 실핏줄만으로 이루어진 몸뚱이처럼.

큰 강의 목적지가 늘 옳지만은 않았다는 걸 안다. 물길이 그대로 뻗어나가 대해를 만날 줄 알았건만 뜻밖의 지형을 만나 갈라지거나 방향을 트는 역사도 늘 반복된다. 하물며 각양각색의 가치가 충돌하는 시대인 지금, 우리가 무사히 각자의 목적지에 도달할 수 있을까. 도달한다면 그곳이 궁극의 지대이기는 한 것일까.

어떤 것도 확인할 수 없다고 느끼면서도, 세상의 이곳저곳에서 큰 물줄기가 생성되어 흐르는 듯하다가 결국엔 갈래갈래 작은 물길로 새어 본질이 증발해버리고 마는 모습을 보면 안타까울 때가 많다. 큰 강이 흐르지 않는 이 시대는 희망일까 재앙일까. 28년 전의 그날, 내가 탄 배는 강줄기를 따라 움직여 파리 시내로 나를 데려다줬다. 폭설을 예측하지 못한 나는 돌아오는 배를 타지 못했지만.

포도 향으로 윤색된 기억

술은 조금밖에 못 마시는데, 술과 관련해 흠모하는 것들은 많다. 동글동글한 기포를 올리는 차가운 맥주의 자태라든가, 호박 빛깔의 위스키에서 풍기는 향긋함이라든가, 방금 부쳐낸 김치전 옆에 뽀얀 막걸리 한 그릇이 곁들여진 상차림이라든가, 향기로운 포도나무가 열을 맞추어 늘어선 와이너리의 중세적 운치 같은 것에는 매번 끌리니까. 술 자체는 그리 잘 못 마시더라도 술이 있는 언저리의 것들을 배제하면서 살고 싶지는 않은 것이다.

무엇보다 앞에 열거한 종류의 술은 맛 자체가 매혹적이다. 그토록 유혹적인 액체가 오가는 자리에서 혼자 주스나 홀짝거리는 건 내키지 않는다. 알코올에 취약한 체질을 가진 이로서 나름의 방편은, 남들과 같은 걸 마시되 아주 조금씩 천천히 마시거나 일반 음료에 술을 섞어 마시는 것이다. 감질나거나 맛을 변질시키므로 두 방법 다 만족스럽지는 않아서 술자리에선 늘 즐거움의 한 귀퉁이를 빼앗기는 기분이 들고는 했다.

나 같은 사람이 적지 않았던 것일까? 최근 무알코올/저알코올 주류 시장이 확산 중이라는 소식이 들려와 귀가 번쩍 뜨인다. 이는 근 몇 년 새 유럽에서 시작되어 미국에서도 일고 있는 바람으로, 술을 이기지 못하는 체질이라도 술맛은 좋아하는 사람들의 수요와 갈수록 각별해지는 건강 관리 분위기가 맞물려 생겨난 현상이라고 한다. 그래 봐야 아직은 전체 주류 시장의 0.5퍼센트에 불과한 파이지만 진짜 술맛에 근접한 무/저알코올 와인과 맥주가 다양해지고 있다는 소식은 선택의 폭을 넓혀준다는 점에서 반갑기 그지없다.

풍광이 근사한 와이너리의 테라스에서 끝없이 펼쳐진 포도밭을 내려다보며 빛깔 좋은 와인을 즐기는 호사는 나처럼 술을 마시면 얼굴이 붉어지는 사람에겐 빛 좋은 개살구에 가깝다. 그런데 이제 얼굴의 홍조나 심장이 조이는 느낌을 염려하지 않고도 포도밭의 햇살과 향기, 녹음을 즐기며 잔을 맞부딪칠 수 있는 것이다! 포도밭을 향해 품는 이토록 각별한 환상은 어쩌면 추억 때문일지도 모르겠다. 와이너리에서 출발한 햇살 머금은 이미지는 늘 과거의 그 집을 소환한다. 한적한 평야 사이로 난 길을 달리다 포도 향기가 코끝에 닿을 무렵 만나게 되는 그때의 집을.

오래전 그날, 나는 노먼이라는 남자와 설계도 하나를 사이에 두고 팽팽하게 시선을 겨루고 있었다. 나는 나대로 그는 그대로 핏대가 올랐고, 셜터 씨는 흥미로워하는 얼굴로 지켜보고만 있었다. 노먼은 미시간의 작은 마을에서 나고 자란 공사 책임자였고, 나는 이제 막 첫 집을 장만하려는 도시 출신의 꼬장꼬장한 아시아계 이민자 고객이었다.

젊은 커플이 대개 그렇듯 그때 우리 부부에게는 돈이 별로 없었는데, 주제넘게 까다로웠던 나는 마음에 드는 집을 찾지 못해 고전하고 있었다. 지방의 작은 마을이라 집값은 싼 편이었지만 막상 집을 보러 다니니 구조와 위치가 만족스러우면서도 당시의 수입으로 감당할 만한 융자를 끌어들여 살 수 있는 가격대의 집을 발견하기란 쉽지 않았다.

부동산 중개인은 몇 차례 집을 보여주다가 내 심경을 간파하고는 새집을 짓는 옵션도 있다고 운을 떼었는데, 그걸 계기로 결국 일을 벌이게 된 터였다. 대도시의 임대 아파트에 살던 학생 부부 신세를 벗어나자마자 남편의 첫 직장이 있는 미대륙 한복판으로 이주해서는, 외국인과 접촉해본 일이 드문 현지인을 고용해 집을 짓게 된 경위였다.

노먼은 나와 계약한 부동산 개발업자 셜터 씨에게 고용된 공사 책임자였다. 나중에 알았지만, 노먼은 건축 경험이 그리 많다고 볼 수 없는 초짜였고, 생각해보면 나도 노먼도 처세에 노련하지 못한 천둥벌거숭이들이었지 싶다. 그래서였을까. 땅을 사고, 설계도가 나오고, 공사가 진척되는 동안 노먼과 나는 여러 번 부딪쳤는데, 그날 도면을 놓고 대립한 것이 시작이었다. 그리고 그것은 도면을 다루던 나의 전직으로 인해 벌어진 일이기도 했다.

거실의 측면도를 들여다보던 중 나는 조금 더 넓혀야 하는 공간을 발견했고, 그걸 지적하자 노먼이 고개를 저었다. 그러면 지하로 이어지는 계단실까지 공간이 뻗어나가기 때문에 두 공간의 모서리 일부가 겹친다는 것이었다.

나는 말없이 노먼을 응시하다가 펜을 잡았다. 종이 한 장을 놓고 도면의 해당 부분을 스케치한 다음 문제가 되는 공간을 확장해 그렸다. 노먼의 말대로 두 공간의 모서리 가까운 부분이 겹칠 수밖에 없었지만 나는 한 공간의 모서리를 파내고 나머지 공간의 모서리를 끼워 넣었다. 그리고 말했다.

"이렇게 하죠. 공사가 약간 더 까다로워지겠지만 구조상 불가능한 건 아니잖아요? 두 공간을 떨어뜨리는 방법밖에 없다고 생각하는 건 설계가 아니죠. 네모들의 배열일 뿐이지."

내 말이 틀리진 않았기에 노먼도 딱히 받아치진 않았다. 다만 자신에게 일을 주는 셜터 씨 앞에서 무안을 당한 게 언짢았는지 굳은 얼굴을 풀지 않았다. 닳고 닳은 성품은 아니라는 게 엿보여서 미안하기도 했지만, 그렇다고 해서 사소한 문제를 세심히 풀어내기보다 둔탁하게 처리하는 태도까지 용납되는 건 아니었다.

이후 따로 이야기를 나누는 자리에서 셜터 씨가 빙그레 웃으며 말했다.

"잘 지적했어요. 저 사람도 배울 때가 됐어. 고객을 설렁설렁 설득할 수는 없다는 걸. 이 바닥 일 하면서 자기 가치를 높이려면 당신처럼 도면 볼 줄 아는 고객도 경험해봐야죠."

노먼이 떨구고 간 불쾌감이 체취처럼 남아 있는 자리에서 노회한 사업가가 교통정리를 한 것이다. 물론 셜터 씨는 노먼도 달랬을 것이다. 쉽게 가도 될 일을 굳이 까다롭게 굴면서 일을 복잡하게 만드는 사람들이 꼭 있다며, 대처법 연습한 셈 치라는 식으로. 누가 알겠는가. 고객과 고용인을 균형감 있게 다루어 일을 진척시키는 게 사업가의 역할이니 말이다.

공사가 진행되는 동안 나는 거의 매일 현장을 들여다봤다. 공사 과정이 궁금하기도 했지만, 마음 한구석으로 노먼이 미덥지 않아서 그랬을 것이다. 자주 가는 만큼 눈에 들어오는 것들이 많았고, 그럴 때마다 노먼을 붙잡고, 혹은 전화를 걸어 캐물었다. 어째서 며칠째 공사가 진척되지 않고 페인트 작업이 밀리는 거냐고 묻는다거나, 허리 높이로 설계한 벽체 골조를 천장까지 세워놨던데 작업자들이 그것도 모르고 마감재를 붙이려 하고 있더라며 따지기도 했다. 문제가 커지는 것을 막으려고 깐깐하게 군 거지만 노먼은 나를 지긋지긋해했다. 그래도 멈출 수 없었던 것이, 점검하지 않았으면 바로잡지 못하고 넘어갔을 실수가 속속 발견되었기 때문이다. 물론 나에게나 중요할 뿐 노먼에게는 대수롭지 않을 것도 있었다.

하지만 그 집에 들어가 살 사람은 나였다. 나는 노먼의 둔감함에 번번이 화가 났고, 노먼은 노먼대로 나를 까탈스럽고 질리는 유형으로 여기며 짜증스러워했다. 셜터 씨의 노련한 중재 덕에 큰 마찰은 피할 수 있었으나 노먼과 나는 각자의 기질 선상 양극단에 있다가 걸어와 만난 사람들이었기에 문제가 불거질 때마다 서로에게 치를 떨었다.

우여곡절을 겪으면서도 건축물은 완공되는 법이라 마지막

점검을 위해 노먼과 내가 나란히 걸으며 집을 돌아보는 날이 왔다. 노먼도 나도 그간의 마찰은 마음 한쪽에 개어두고 공식적인 미소로 얼굴을 포장했다. 어느 쪽이든 완성품 앞에서 기분을 망치지 않으려는 상식의 합일점은 있었으니까. 피차 활짝 갠 마음은 아니라도 성숙한 체하며 합작품을 살펴보는 동안은 미풍 같은 유대감이 지나가는 것 같기도 했는데, 어쩌면 나만 느낀 감정일지도 모르겠다.

집을 다 돌아보고 나자, 이제 노먼과 내가 더 만날 일은 없었다. 형식적이면서도 적절한 인사를 나누고 헤어지기 전, 노먼과 나는 그간 한 번도 하지 않았던 잡담을 잠시 나누었다. 마지막을 매끄럽게 맺느라 누가 먼저랄 것 없이 자연스럽게 이뤄진 대화였는데, 그때 나는 노먼이 나와 같은 해에 태어난 동갑내기이며 개 한 마리와 살고 있다는 이야기를 들었다. 이어 그 개가 암에 걸려서 수술 날짜를 받아놓은 참이라는 말을 하면서 흔들리는 노먼의 눈동자도 보았다. 나는 개를 귀여워하는 사람이 아니라서 적절한 위로의 말을 찾지 못했지만, 어쩐지 그 순간, 내 마음에 박혀 있던 얼음 조각 주변으로 물기가 도는 것 같았다. 마지막 인사로 나와 악수를 한 뒤, 노먼은 그의 빨간색 픽업트럭을 타고 사라졌다.

입주는 초겨울이었다. 그 집에서 겨울을 보내는 내내, 나는 새집 장만의 기쁨을 누리지 못했다. 그즈음에 첫아이를 가져서 입덧이 왔는데, 새집 냄새가 어찌나 고통스러운지 끝도 없이 구역질이 나왔다. 그 시기를 버티게 해준 유일한 낙은 한밤중에 두툼하고 긴 파카를 껴입고 남편과 함께 동네를 산책하며 차갑고 맑은 공기를 마시는 거였다. 주택 단지 주변은 온통 숲과 평야였다. 하얀 눈 이불을 덮은 대지 위로 시린 달빛이 쏟아지는 밤을 걷고 있으면 세상에 남편과 나, 둘만 남겨진 것 같았다. 말할 수 없이 쓸쓸하지만 동시에 보이지 않는 끈으로 우리 부부를 묶는 의식이 되어준 밤이기도 했다. 이제 와 돌아보니, 우리 부부 사이의 연대감은 이렇듯 외로움을 나누며, 우리 말고는 아무도 없다는 기분을 주는 공간에서 연민 같은 것들을 공유한 순간들이 망을 이루며 만들어진 거라는 생각이 든다.

지옥 같던 입덧이 끝나갈 무렵 봄이 왔고, 여름의 한복판에서 큰아이가 태어났다. 출산 후 어느 날, 아기를 유아차에 태워 동네를 돌던 중이었다. 어디선가 달콤한 내음이 솔솔 풍겨왔다. 향기를 따라가 봤더니 동네가 끝나는 곳에서부터 저 멀리 숲이 시작되는 곳까지, 주렁주렁 열매를 단 포도나무가 겹겹이 늘어서 있었다. 열매는 모두 까맣게 무르익어서 농염하고도 노골적인 향을 뿜어냈다. 포도 냄새는 농장의 수확이 끝날 때까지 온 동네에 진동했고, 바람이 조금이라도 불면 일대에 달콤한 향의 파도가 일고는 했다. 과일 냄새가 넘실대는 주택가라니, 꿈결 같은 체험이었다.

이후 남편이 일터를 옮기는 바람에 속 끓이며 지은 노력이 무색하게 그 집에서는 오래 살지 못하고 이사를 하게 되었다. 그리 나쁜 일은 아니었다. 사실 남편의 첫 직장이 있던 미대륙 한복판으로 들어갈 때 그리 흡족하진 않았으니까. 중부로 들어갈 당시의 나는 도시를 떠나는 게 탐탁지 않았다. 아시아계를 찾기 힘든 미국 한복판에서 섬이 될 것 같아 두려웠다.

막상 살아보니 중부 사람들은 순순하면서도 느긋한 데가 있어서 이방인에게 쌀쌀맞거나 배척하는 경우가 별로 없기는 했다. 하지만 중부 사람들의 낙천성이 위로는 되었을지언정 적막감과 고립감은 그 시절 내내 그림자처럼 달라붙어 있었다. 당시만 해도 지금보다 더 서툴렀던 내 영어 때문에 아마 더 쉽게 끓어올랐을 노먼과의 갈등 같은 것들도 이주민의 요철 잦은 일상에 팍팍함을 덧입혔었다.

그런데도 그 집과 관련된 기억 창고의 문을 열 때마다 먼저 튀어나오는 것은 개가 아프다고 말하던 노먼의 젖은 눈, 그의 등 뒤로 보이던 빨간색 트럭, 한겨울의 밤 산책에서 내리비추던 달빛의 쨍한 온도, 유아차를 밀고 있을 때 날아든 포도 향처럼 순수한 감각의 기호로 저장된 것들이다. 노먼과 벌인 전쟁,

고통스러웠던 입덧, 쓸쓸함 같은 큰 덩어리의 고통이 오히려 기억의 안쪽에 구겨져 있는 건 인간의 본성이 편리를 추구하도록 설계되었기 때문일 것이다. 도저히 모른 척할 수 없는 현시의 고통에는 휘둘리더라도 과거만은 가공해 보관하는 선택적 미화 같은 것.

현재의 시련에 짓눌려 비관의 토양에 주저앉는 걸 피하려면 플래시처럼 지나가는 감각의 환희를 필사적으로 포착해둘 일이다. 시간 속에서 잠깐이나마 빛을 냈던 것들이 후각이든 시각이든 연민이든, 분노보다는 우세한 게 분명하니까. 이십 년이 지난 지금까지 질기게 살아남아 그 시절의 페이지를 윤색하는 포도 향이 그렇듯이.

톰 소여는 모험을 계속할 수 있을까

마크 트웨인의 마부 복장을 한 청년 가이드가 창을 가리키며 말했다.

"저 창으로 햇살이 들어오는 시간대에는 이 방 벽지의 금박 꿀벌 문양이 빛을 받아 반짝거리는데, 그 반사광이 얼마나 아름다운지 모릅니다!"

방문자들은 가이드의 손가락이 가리키는 방향대로 시선을 움직이며 감탄사를 연발했다. 현직 배우이기도 하다는 가이드의 연극적인 발성과 공감각적 상상을 일으키는 몸짓 덕분일까.

방이 호흡을 시작하면서 슬금슬금 과거의 기운을 되찾고 있는 것만 같았다.

그렇게 모두 시간 여행자가 되어 마크 트웨인 하우스 손님방의 19세기식 미감에 흠뻑 빠져 있을 때였다. 한 할아버지가 벽지와 천장을 유심히 뜯어보면서 의문을 내비쳤다. 꿀벌과 벌집 문양 벽지만도 예사롭지 않은데 천장은 또 거미와 거미그물 문양으로 그득한 것이 기괴하다며, 방을 이렇게 꾸민 까닭이 궁금하다는 거였다.

가이드는 답할 수 없는 질문 앞에서 미국인들이 흔히 그러듯 '좋은 질문'이라고 눙치고는 미간에 힘을 준 채 고민에 빠졌다. 듣고 보니 호기심이 생기는지 투어 그룹에 속한 다른 사람들도 답을 구하는 얼굴을 하고 벽지와 천장, 가이드를 번갈아 쳐다보았다. 그때, 질문을 던졌던 할아버지의 배우자로 보이는 할머니가 무신경하게 중얼거리며 방을 가로질러 나갔다.

"손님이 너무 오래 진 치고 있지 않게 일부러 이래 놓은 거지 뭘!"

모두가 박장대소했고, 웃음이 헤픈 나는 허리가 휘도록 자지러지며 한동안 정신을 차리지 못했다.

아마 《톰 소여의 모험》을 소설로 읽지는 않았더라도 중년쯤 된 세대라면 어린 시절 TV를 통해 애니메이션 시리즈로라도 이 이야기를 접해보았을 것이다. 낡은 멜빵바지와 밀짚모자 차림의 톰이 말썽을 부린 벌로 울타리 칠을 하다가 꾀를 내어 친구들을 부려먹는다든가, 미시시피강을 오가는 증기선의 기적 소리를 배경으로 죽마고우 허클베리 핀과 기행을 일삼는 장면 말이다.

내가 사는 코네티컷주를 구글맵으로 검색하면 《톰 소여의 모험》을 쓴 저자 마크 트웨인이 살았던 저택이 이 지역 주요 볼거리 중 하나로 뜬다. 언젠가 구경해봐야겠다고 벼르던 참이었는데 연말에 나들이 장소를 물색하다가 생각이 나서 다녀왔다. 하트퍼드 시내의 작고 아담한 공원 박물관 형식으로 운영되는 곳이었다.

마크 트웨인의 본명은 새뮤얼 랭혼 클레먼스로, 그가 증기선에서 일하던 시절에 사용하던 수심 측정 단위로부터 빌려와 지은 필명이 마크 트웨인이다. 그는 미시시피강이 지나가는 중부 지역의 작은 마을에서 유년기를 보냈는데, 훗날 올리비아라는 뉴욕 출신 여성과 결혼해 거주한 곳이 이번에 내가 구경한 코네티컷의 집이다. 마크 트웨인은 이 집에서 아름다운 아내와 함께 사랑스러운 세 딸을 키우고 살면서 다복한 가정을 이루었고, 출판 사업도 벌이며 왕성한 집필 활동을 했다. 그의 대표작 《톰 소여의 모험》도 이곳에서 탄생했다. 알려진 대로 소설은 엄청난 인기를 얻어 마크 트웨인을 거장의 반열에 올려놓았다.

집의 구조를 보면, 마크 트웨인과 올리비아 부부가 부를 과시하기보다는 취향을 표현하는 데 공들이는 유형이었다는 걸 알 수 있다. 짜임새 있게 설계된 3층 집은 오밀조밀 빈틈없이 고안되어 있고, 세부 장식에서는 유행에 휘둘리기보다 독자적인 미학을 살리는 데 치중한 이들 부부의 성향이 묻어난다. 저자가 가장 빛나고 행복하던 시절에 살았던 공간이어서일까. 오랜 세월이 지났는데도 집 내부에 훈기와 충만감이 감돌고 있다고 느꼈다.

마크 트웨인은 삶의 궤적과 작품을 통해 제국주의, 인종차별, 노예제도를 비판한 시대의 양심이었다. 그래서인지 그 집의 옛 주인을 기리며 관리하는 재단 측이나 그곳을 찾은 방문객들이 그 공간을 경외하는 마음으로 대하는 모습이 순순하고 자연스러워 보였다.

집 투어를 마친 뒤 별관에 마련된 전시장에서 작가의 세 딸이 꼬마 아가씨 시절일 때의 귀여운 사진도 보고, 작가가 쓰던 집필 책상을 구경하고는 기념품 가게도 돌아봤다. 저택 내부를 촬영하는 게 금지되어 있기에 사진집이라도 살까 고민하고 있는데 어린이용 축약본 그림책이 눈에 들어왔다. 표지 삽화 속 톰 소여와 허클베리 핀을 들여다보던 중, 문득 내 아이들은 마크 트웨인의 책을 읽은 적이 없다는 걸 깨달았다. 기억을 더듬어보니 아이들이 성장하는 동안 학교에서 추천받은 필독 도서 목록에서도 마크 트웨인의 책은 찾아볼 수 없었다.

옆에 서서 함께 구경하고 있던 큰아이에게 내 의문을 표하고 까닭을 물으니, 마크 트웨인의 소설에 인종차별적이고 폭력적인 내용과 어휘가 많아서 현시대의 학교 시스템 안에서는 권장하거나 교육 교재로 사용할 수 없기 때문이라는 답이 돌아왔다. 저자로서는 당대의 인종차별 행태를 고발하고 경종을 울리기 위해 사용한 표현들인데, 그 어휘들을 입 밖으로 내어 발음하는 것조차 금기가 된 지금은 교육 현장에 노출되도록 내버려둘 수 없다는 것이다.

마크 트웨인의 작품과 관련해서는 몰랐으나 생소한 논제는 아니었다. 최근 미국의 출판계나 창작물 사업 영역에서 간과할 수 없게 된 '시대적 올바름' 논의와 맥을 같이하는 화제니까. 소설가 토니 모리슨의 경우, 노벨문학상 수상자인데도 그의 작품 중 일부가 근 몇 년 동안 여러 차례 논란에 휩쓸린 바 있다. 공립 도서관에 비치할 도서로 마땅한지 검토해봐야 한다는 것이 쟁점이었다. 물론 저자 자신은 이를 특정 예술 형식에 대한 정치적 통제라고 반발했다. 일부 학자들에 따르면, 모리슨의 책이 논란이 되는 건 그의 작품이 어떤 사람들에게는 불편하게 여겨질 수 있는 미국 역사의 어두운 순간들에 초점을 맞추고 있기 때문이었다.

모리슨이 천착했던 서사는 미국 내 흑인 역사를 바탕으로 한 것들이다. 그의 작품에 포함된 노골적인 성적 묘사, 소아성애, 근친상간, 강간 등의 소재에 거부감을 느끼는 학부모나 교육행정처가 금서 지정 관련 논의를 제기하고, 반대파는 문학작품에 대한 검열과 규제에 항거하며 대립하는 식이었다.

《북 배닝》의 저자 에밀리 녹스는, 노예제도의 폭력적 유산에 대한 트라우마를 독자에게 전달하는 과정에서 모리슨이 사탕발림이나 완곡한 표현을 동원하지 않았기에 이를 직시하기 어려워하는 사람들이 있다고 지적했다.

주목할 것은 이 논란이 과연 정치적 입김이 닿지 않은 순수한 염려에서 촉발된 것인가 하는 점이다. 토니 모리슨의 작품을 금서로 지정하자는 주장은 어김없이 정치적 보수 성향이 강한 주에서 일어났다. 보수 정치 지지자 집단을 중심으로 퍼진 왜곡된 정보에 모리슨의 작품이 함께 꿰여 이용된 측면이 있었던 것이다. 공립 교육 현장이 아이들에게 비판적 인종주의를 주입하고 있으며, 이에 토니 모리슨의 텍스트가 요긴하게 쓰인다는 논리였다.

도널드 트럼프는 대통령 재직 당시 공공연하게 일부 도서의 금서 지정을 지지하는 발언을 남겼다. 어린아이들에게 '끔찍하게 과장된' 잔혹사를 보여주는 건 학대라는 주장이었다. 일련의 상황을 두고 '특정 예술에 대한 정치적 통제'라고 했던 모리슨의 목소리에 힘이 실리는 이유다.

그리 간단하지만은 않은 사안이긴 하다. 정치적 입장이나 창작자의 자율권을 편드는 마음을 다 떠나 아이들을 키워낸 엄마로서, 예외 없이 어린 시절이 있었던 한 인간으로서, 나 역시 작품성을 우선으로 보고 미성년자에게 모든 창작물을 노출해도 괜찮다고 생각하지는 않는다.

나는 반공과 반일을 바탕으로 한 교육을 주입받으며 자란 세대다. 초등학교 시절 교과서에 실린 이승복 어린이 사건 일화가 너무 끔찍해 한동안 잔상에 시달린 기억이 있다. 나는 그때 세상에 태어난 지 십 년도 채 안 되었다. 그런 내가 무자비하게 살해당한 또래 아이의 사연을 통해 배워야 할 점은 무엇이었을까. 이념 대립의 극단성에 대한 경계일까, 공산당을 향한 적개심일까. 진위 논란과는 별개로 그 이야기의 얼개는 공포심을 조장하는 평면적인 선전물에 불과한 수준이었는데, 작품성이 뛰어난 텍스트라고 해서 충격성까지 정제되지는 않는 것이다.

대중 사이에서도 이 사안과 관련해서는 찬반의 양쪽 정서가 공존하기 때문에 현재 미국의 출판계에서는 금서로 지정된 작품들에서 문제가 되는 내용을 다듬어 복간해 내놓기도 한다. 마크 트웨인 하우스의 기념품 가게에서 판매하는《톰 소여의 모험》축약본 역시 험악한 표현을 모두 걷어내고 어린아이가 수용할 만한 수준의 도서로 손질한 것들이었다. 원본 소설의 경우, 미국 내 많은 공립 도서관에서 비치가 금지되어 있다고 한다. 얼핏 생각하기로, 창작물 안에서 구현된 것들이 결국 모두 시대상을 드러내는데, 현대의 기준으로 고전을 차단하는 게 과연 바람직할까 하는 의문도 든다. 하지만 곧 시대상 반영에 무게를 둔 관점도 아동 보호라는 필터를 끼우면 마냥 우겨댈 수만은 없는 노릇이라는 반기도 따라 올라온다. 특정 인종 아동들이 느낄 모멸감과 불쾌함을 상기하게 되는 것이다.

마크 트웨인이 활동했던 시기에는 같은 피부색을 한 사람들끼리 따로 어울려 살았다. 작품에 사용된 무자비한 표현이 현실의 끔찍함을 비추는 거울은 되어주었으나, 백인과 흑인 독자들이 한 공간에서 그 대목을 읽으며 당혹감을 느낄 상황은 거의 없었을 것이다. 다양한 피부색의 아이들이 한 교실에서 함께 교육받는 지금은 환경 자체가 다르다. 텍스트 안에서 폭력적 인종주의 발언이나 에피소드가 튀어나올 시 내상을 입을 어린 영혼들이 어디에든 있는 것이다.

그렇다면 우리는 어떻게 해야 하는 것일까. 시대와 인간, 사회의 일그러진 면을 표현할 때 수반되어야 할 묘사는 앞으로 어떻게 다룰 것이며, 이미 존재하는 고전과 명작 속 언어폭력은 어떻게 대우해야 하는 것일까. 현시대에 적절하지 않은 설정, 소수자와 약자의 상처에 소금을 뿌리는 어휘가 담긴 과거의 위대한 창작물들은 또 어째야 하는 것일까. 지금의 기준으로 저작물들을 심판하고 배제한다면 남아날 작품은 얼마나 될까. 고전을 묻어버릴 순 없으니 모난 것은 둥글리거나 삭제하는 식으로 편집해야 할까. 그 과정을 거친 편집본은 과연 이전과 같은 작품이긴 한 것일까. 그러니 앞으로는 창작자의 표현에 제한을 걸어두는 사전 통제가 있어야 하는 것일까.

마크 트웨인 하우스가 있는 도시 하트퍼드. 하트퍼드 시내를 빠져나올 때마다 나는 늘 헤맨다. 도시에서 살던 기억이 희미해져버린 바닷가 마을의 소설가에겐 여러 겹으로 얽힌 하트퍼드의 고가도로가 풀기 힘든 숙제 같다.

도시 정비 프로젝트의 일환인 건지 이번에 보니 시가지의 조명이 한층 더 번쩍이고 다채로워졌다. 도로에 집중된 조명이 주변의 야경을 압도하던 때는 경로를 찾기가 훨씬 수월했다. 선명하게 밝혀진 길만 따라가면 되었으니까. 지금은 고가도로 주변을 에워싼 박물관, 학교, 기업, 호텔, 공연홀 등이 각자를 빛내기 위해 고안된 조명의 힘을 입고 있어서 도로를 따라 늘어선 가로등 불빛이 상대적으로 초라해 보인다. 고가를 돌고 돌아 집으로 가는 방향의 출구를 찾는 과정은 더 혼란스럽고 어려워졌다. 전에는 희미한 윤곽으로만 존재하던 주변 풍경이 이제는 시선을 가로채며 각자의 매력을 뽐어내고 있으니까.

조명에 공들인 도시가 더 아름답게 보이는 것은 두말할 여지가 없다. 동시에, 그 화려한 빛의 향연이 길을 찾는 시야를 어지럽히는 것 역시 부인할 수 없다. 현실 구사와 시대 의식의 공존 역시 그토록 어지러울까. 겹겹의 질문이 대문호가 살던 저택의 아름다움에 매료된 마음을 가로지른다.

53

사랑스러운 이교도에게

특정 부류의 인간형으로, 가끔 킴벌리가 떠오르곤 한다. 아직도 그 집에 사는지, 그녀의 아이들은 어떻게 성장했는지, 킹슬리 서클 여자들은 내가 그곳을 떠나오고 난 다음에도 줄곧 킴벌리를 피했는지 궁금하다.

킹슬리 서클은 그 주택단지 안에서도 새로 지은 집들이 늘어선 구역 안에 있었다. 거기 살던 이들 모두 비슷한 시기에 입주한 터라 누구도 새내기라는 주눅 없이 이웃과의 교류를 시작했고, 누군가 제안해서 모임도 결성됐다. 한 달에 한 번씩 친목 커피 타임을 갖는 모임이었고, 돌아가면서 자기 집을 모임 장소로 제공하기로 했다. 킹슬리라는 이름의 둥그런 길을 따라 늘어선 집들은 크기가 비슷해서 거의 모든 집에 고만고만한 취학 전 아이들이 있었다. 엄마들은 대개 '잠정적' 전업주부 상태라 평일에 모여도 괜찮았다.

몇 번의 모임이 있고 나서 우리 집 차례가 돌아왔는데, 내가 눈치 없이 킴벌리를 초대했다. 킴벌리도 같은 주택단지 안에 살았지만, 그녀의 집은 킹슬리 서클이 아닌 조금 더 먼저 생긴 옆 구역에 있었다. 하지만 그건 킴벌리가 모임에서 환영받거나 받지 못하는 이유의 본질이 아니었다.

나는 동네 놀이터에서 킴벌리를 만나 수다를 떨던 중 다과 메뉴를 고민하느라 우연히 그 모임을 화제로 삼았는데, 킴벌리가 관심을 내비치는 게 아무래도 오고 싶은 눈치였다. 그때 생각으로는, 어차피 건축 연도에 따라 구역이 살짝 나뉠 뿐 다들 동네 사람이라 면식은 있을 테고, 내가 호스팅을 하는 차례인 만큼 킴벌리를 초대해도 무방할 것 같았다. 아니나 다를까 킴벌리는 내 초대에 뛸 듯이 기뻐했지만, 신생아 수유 시간을 맞추다 보면 어떻게 될지 모르겠다고 여지를 두기도 했다. 그래서 나는 그냥 커피 마시며 수다 떠는 시간이니 편하게 생각하고, 그날 봐서 여유가 생기면 오라고 일러둔 참이었다. 그러고는 막상 당일이 되자 손님 접대에 바빠 킴벌리가 올 수도 있다는 걸 잊었고, 따라서 참석자들에게 그 사실을 말해두지도 못했는데, 누군가 갑자기 킴벌리 얘기로 말문을 열었다.

"나 어제 애들 수영 수업 있어서 수영장에 갔는데, 세상에, 킴벌리가 그 많은 애들을 다 데리고 온 거 있지? 그 여자는 대체 아이를 몇이나 낳을 생각인 걸까?"

그제야 나는 흠칫 놀라 아차 싶었고, 그렇게 되니 킴벌리를 초대했다고 말할 타이밍을 잡기가 더 어려워졌다. 그래도 틈을 봐 말을 꺼내려고 했으나 다른 사람 몇이 맞장구를 치면서 분위기가 킴벌리의 다산에 혀를 차는 방향으로 흘러갔다.

이걸 어쩌나 하고 진땀을 흘리고 있는데, 현실은 가끔 창작보다 극적이기도 한 법이어서 그 순간 바로 벨이 울렸다. 문을 열어보니 킴벌리가 아기 바구니를 옆에 끼고 환하게 웃고 있었다. 남편이 나머지 아이들은 자기가 볼 테니 모처럼 초대받은 모임에 가서 재미있게 놀다 오라고 했다는 것이다. 사람들이 방금 어떤 이야기를 나누고 있었는지 알 리가 없는 킴벌리는 나의 안내를 받으며 안으로 들어와 천진하고 기쁜 얼굴로 모두에게 인사를 건넸다. 그때 거기에 있던 사람들이 어떤 얼굴을 했는지는 상상에 맡기겠다.

그날의 모임에는 없었지만, 훗날 아이들끼리 절친이 되면서 가까워진 동네 여자 하나도 어느 날 수다를 떨다가 킴벌리 얘기가 나오자 고개를 절레절레 저었다. 그렇게 애를 많이 낳는 걸로 보아, 어딘가 정신이 온전치 못한 사람 같다는 것이었다. 미국은 내륙으로 들어갈수록 다산 성향이 짙어지는데, 그런 중부 사람들에게도 아이를 다섯 이상 낳는 건 좀 과해 보이는 모양이었다. 나중에 알게 된 사실이지만 아이가 하나나 둘인 엄마들이 아이들을 함께 놀게 할 목적으로 서로의 집을 오가며 지낼 때 킴벌리를 그 대상으로 고려하는 일은 없었다. 아이를 네다섯씩 데리고 올 사람을 초대하고 싶지는 않으니까.

킴벌리의 아이들로서는 터울이 일 년 정도인 고만고만한 형제들이 줄줄이 있어서 굳이 다른 집 아이들까지 끼지 않아도 심심할 틈이 없긴 할 터였다. 하지만 킴벌리라고 동네 여자들이 서로의 집을 오가며 교류하는 일상이 부럽지 않았겠는가. 그러니 내가 초대했을 때 그렇게 기뻐하며, 태어난 지 두 달도 안 된 젖먹이를 데리고 모임에 참석한 것이다.

내가 킴벌리 가족을 처음 알게 된 건 동네 산책을 할 때였다. 큰아이가 아직 걸음마를 떼기도 전이었고, 날씨가 좋은 여름이라 저녁마다 유아차에 아이를 태우고 동네를 돌던 시절이었다. 그러다 딱 우리 아이 또래의 아기를 유아차에 태우고 산책하던 킴벌리 부부를 만나 인사를 나누었다.

그들에게는 유아차 속 아기 말고도 남자아이 셋이 더 올망졸망 달려 있었는데, 아이들 각각의 나이 차를 분간하기 어려울 정도로 다 고만고만했다. 설마 저렇게까지 터울을 붙여서 아이들을 낳진 않았겠지 싶어서 조카들이나 이웃집 아이들까지 데리고 산책에 나선 건가도 싶었는데, 아이들이 서로 너무 닮아서 형제라고밖에 볼 수가 없었다. 다 그 집 아이들이었다. 유아차에 앉아 있는 아기가 넷째로, 우리 큰애와 비슷한 시기에 태어난 아이였다. 그 아이와 우리 큰애가 걷기 시작하면서 놀이터에서 같이 어울려 놀게 되었고, 그러다 보니 킴벌리와 나도 자연스레 친해진 것이다.

내가 그 동네에 살았던 기간이 네 해 정도 되는데, 처음 만났을 때 나보다 젊은 나이로 이미 아이를 넷이나 낳았던 킴벌리는 내가 그 동네를 떠날 무렵엔 일곱 아이의 엄마가 되어 있었다. 나와 알게 되고 나서도 거의 해마다 아이를 낳은 것이다. 매번 가장 어린아이가 첫돌을 맞기도 전에 임신을 반복하니 동네 여자들이 킴벌리를 두고 무언가에 세뇌된 모양이라고 혀를 차는 것도 무리는 아니었다. 나만 해도 아기 하나에 쩔쩔매는 처지라서 킴벌리가 매번 아이를 수월하게 낳고 키우는 게 너무 신기했으니까.

그토록 여러 아이를 키우는 여자의 생활을 두고 '수월'이라는 수식어를 붙이는 게 이상하게 들리겠지만, 그만한 이유가 있다. 희한하게도 킴벌리의 얼굴은 늘 평온했고, 아이들에게 언성을 높이거나 짜증을 내는 법도 없었다. 강인한 정신은 대개 체력에서 나오기 마련인지라 킴벌리가 건강 체질인 건 확실해 보였는데, 거기에 더해 킴벌리는 누구나 한 번은 돌아볼 정도로 아름다웠다. 늘씬하고 쭉 뻗은 체격에 고른 톤의 연갈색 피부에는 잡티 하나 없었고, 얼굴은 프랑스 여배우처럼 고혹적이었다. 킴벌리를 볼 때마다 나는 저런 외모를 의식하지 않고 시골 아낙처럼 사는 그녀의 정신세계에 순수한 호기심이 일기도 했다.

킴벌리와 교제하고 지내던 시절에 여러 명의 아이 각각에 따른 학교 일정 같은 걸 다 어떻게 관리하느냐고 물은 적이 있었다. 킴벌리는 아이들 모두를 집에서 직접 공부시키고 있어서 괜찮다고 했다. 학년마다 필요한 교재를 주문해 구해서 홈스쿨링을 한다는 것이었다.

언젠가 지나던 길에 무언가를 전해주고 가려고 연락 없이 그 집에 들른 적이 있었다. 벨을 누르자 킴벌리가 나왔는데 하필 그때가 아이들이 식탁에 주르르 둘러앉아 각자의 교재로 공부하는 수업 시간이었다. 킴벌리는 식탁 주변을 서성이면서 아이들 각각의 공부를 돌아가면서 봐주는 식으로 수업을 진행했는데, 평소에는 주로 마당에서 뛰어노는 아이들이 차분하게 둘러앉아 공부에 열중하고 있는 모습이 생소해서 인상적이었다. 내가 불시에 들렀는데도 집의 내부는 놀라울 정도로 잘 정돈되어 있었고 깨끗했다.

당시 킴벌리의 다섯 아이는 모두 아들이었고, 사내아이들의 뻗치는 에너지를 고려할 때 집은 늘 폭탄 맞은 모습이겠거니 상상하기 쉽지만, 사실 킴벌리네 집은 별로 어질러져 있던 적도 없었다. 아이들은 주로 밖에서 놀고, 집 안에서는 간소한 장난감 몇 가지를 가지고 스스로 놀다가 치우고, 도서관에서 빌려 온 책을 읽고, 스스로 간식도 찾아 먹고 치우는 습관이 배어 있는 분위기랄까. 무엇보다 킴벌리는 요란하지 않으면서도 유연하게 굴러가도록 가정 운용 시스템을 잘 만들어 살고 있었다. 아이 하나를 키우면서 온갖 고가의 장난감과 도구를 동원해 집 안을 채우고, 아이 때문에 집이 어질러진다고 울상 짓는 동 세대 엄마들과는 판이한 방식으로 아이들을 양육하는 게 킴벌리의 스타일이었다. 밥 먹는 식탁이 교실 책상이 되기도 하는 킴벌리의 홈스쿨은 서부 개척 시대의 마을 학교나, 열 명도 못 되는 전교생을 모아놓고 한 사람의 교사가 가르치는 벽지의 초등학교처럼 보이기도 했다.

당시 킴벌리가 살던 집은 미국의 단독주택치고는 좀 작은

편이었다. 아래층에는 거실, 주방, 식당이 있고, 이층에는 방 세 개가 있었다. 그중 하나는 부부 침실이고, 또 하나는 아이들 침실인데 그 방의 삼면에는 킴벌리의 남편이 직접 만든 벙커 베드가 설치되어 있었다. 여섯 명까지 잘 수 있게 꾸몄고, 아이들 모두 정해진 시간에 각자의 침대로 들어간다고 했다. 나머지 다른 방 하나가 아이들이 공용으로 쓰는 놀이방이었던 걸로 기억한다.

지하에는 사우나가 있었다. 으레 좀 큰 집이거나 재력이 있는 집에서나 볼 수 있는 시설이라 놀랍기도 했지만, 그것도 킴벌리의 남편이 손수 만들었다니 입이 떡 벌어질 수밖에 없었다. 건축 관련 기술자였던 그의 직업을 생각해보면 그리 놀랄 일은 아니었지만, 그래도 역시 감탄스러웠다.

사우나 바로 앞에는 서양식 집으로는 드물게 젖은 바닥으로 쓰게끔 만들어진 욕실 공간과 수도 시설이 달려 있었다. 아이들이 거기에서 사우나를 들락거리며 바가지 같은 걸로 물을 뒤집어쓰며 씻는다고 했다. 그러니까 그 집 아이들은 걷기 시작하면 형들과 함께 거기에서 제 몸을 씻는 것이다. 내가 신기해하니까 킴벌리는 "제대로 씻기야 하겠어? 비누 거품 좀 내는 둥 마는 둥 하다가 물 두어 차례 뒤집어쓰고 말겠지"라며 피식 웃어 보였다.

어느 날인가는 그 집 마당에서 뛰노는 아이들을 바라보면서 이야기를 나누고 있었는데, 킴벌리가 시간을 확인하더니 셋째 아이를 준비시켜야 한다며 나더러 잠깐 막내를 봐줄 수 있느냐고 물었다. 마당에 깔아놓은 담요 위에 앉아 장난감을 쭉쭉 빨다가 흔들어대기도 하며 방싯방싯 웃던 막내는 다섯째였고, 그 아이가 바로 우리 집 커피 모임이 있던 날 킴벌리의 팔에 걸린 바구니 속에 누워 있던 아기였다. 막내를 내게 맡겨두고 집으로 들어가기 전 킴벌리가 말하길, 남편이 월례 행사로 정한 낚시 캠핑을 하는 날이라는데, 그가 퇴근해 오기 전에 '그날의 아이'인 셋째가 아빠와 캠핑을 떠날 수 있도록 도구를 챙겨야 한다고 했다. 킴벌리의 남편이 돌아가면서 아이 하나만 데리고 낚시 캠핑을 가는 이유는 가끔이라도 한 아이와 독대하면서 오롯이 그 아이에게만 집중하는 시간을 갖기 위해서라고 했다.

아이가 많으니 옷도 많이 필요해서 킴벌리는 이곳저곳에서 아이들 옷을 받아 와 입히길 잘했다. 친지를 통해 물려받기도 하고 중고 옷 가게 이용도 하지만 킴벌리가 생활용품을 구해 쓰는 곳은 주로 교회였다. 킴벌리는 신앙심이 깊은 기독교인이라 교인들과 끈끈한 유대를 나누며 지내는데, 지켜보면 킴벌리의 삶을 이끌어가는 기본 바탕이 그 교회의 독특한 교리로부터 시작되었다는 걸 알 수 있었다. 그리고 그것은 동네 사람들이 킴벌리를 고운 시선으로 보지 않는 이유 중 하나이기도 했다. 킴벌리가 아이를 줄줄이 낳는 건 교회의 교리가 피임조차 하나님의 말씀에 반하는 행위로 간주하기 때문이었다. 그 교회에 다니는 사람들은 대개 아이들이 많았고, 아이들 용품을 서로 나눠 쓰고 물려 쓰면서 친척처럼 지내고 있는 듯했다.

교회에는 킴벌리처럼 홈스쿨링을 하는 사람들이 많았고, 그러다 보니 교회 자체가 그들에게는 하나의 사회이자 소속감을 주는 커뮤니티이기도 했다. 그 교회를 통해 킴벌리는 이른바 물리적 울타리가 없는 공동체 생활을 하는 셈이었다. 교회는 동네 사람들이 늘 지나다니는 근처의 길가에 있어서 오다가다 눈에 들어오곤 했으나, 킴벌리가 말해주기 전까진 그 교회가 그렇게 독특한 방침의 교리를 신봉하는 곳인지는 몰랐다.

나는 신을 믿는 사람이 아니라서 주류 종파의 교회 쪽에서 곱게 보지 않는 이단 종파에도 별 사견이 없다. 무엇보다도 막상 그곳 사람들끼리 어울리는 모습을 보면 그렇게 화목할 수가 없어서 외부인이 지적하고 문제시할 여지가 없어 보였다. 더구나 킴벌리가 내게 포교 의지를 내비친 적이 없으니 그녀의 신앙이 나를 침범한다고 느낄 일도 없었다. 킴벌리는 독특한 유형의 이교도였다.

그 교회 사람들 일부를 만날 기회는 있었다. 내가 그곳 주택

단지에 사는 동안 밖에다 커다란 차양을 치고 동네 사람들이 각자 준비해 온 음식을 나눠 먹는 동네잔치가 몇 차례 있었다. 잔치를 주도한 게 킴벌리 부부였고, 차양도 킴벌리 부부가 교회에서 빌려 와 설치했다. 장소는 동네 중심부의 너른 공터 잔디밭이었고, 킴벌리의 남편은 거기다 바비큐 그릴을 가져다 피워놓고 햄버거와 소시지를 구웠다. 동네 사람들이 가져온 야외 테이블마다 빨간 체크무늬 비닐 식탁보가 깔리고, 누군가가 쪄 온 옥수수가 커다란 들통째로 올라와 모락모락 김을 냈다. 부모들은 코울슬로, 감자샐러드, 수박, 브라우니, 음료 등을 가지고 모여들었고, 신이 난 아이들은 차양 바깥의 잔디 위를 뛰어다녔다.

나는 방금 구워낸 햄버거를 들고 서서 먹으며 킴벌리와 같은 교회를 다닌다는 사람들과도 이야기를 나눴는데, 종교를 화제로 한 대화가 오간 기억은 없다. 잔치는 매년 초여름에 한 번 초가을에 한 번 있었고, 그 교회 신자든 아니든 구별 없이 동네 사람이라면 모두 초대받아 음식을 먹고 손가락에 묻은 케첩을 핥으면서 살아가는 이야기로 사교를 했다. 킹슬리 서클 커피 모임 사람들이 왔는지 안 왔는지는 기억이 나지 않는다. 워낙 사람이 많은 잔치가 되다 보니 이쪽저쪽을 오가며 떠들어대다 보면 시간이 금세 지나버리곤 했으니까.

어느 가을에 킴벌리가 빵을 들고 나를 찾아온 기억도 있다. 당시 그 지역에서는 아미시 빵 만들기가 유행하고 있었다. 아미시는 현대 문명을 차단하고 수공업 공동체 생활을 하는 사람들로, 미국 내 이곳저곳에 촌락을 이루고 모여 산다. 손수 만든 드레스를 입고 마차를 탄 사람들이 눈에 띄면 아미시라고 보면 된다. 하필 그때 왜 내가 살던 동네에서 아미시 빵 만들기 전파가 유행이었는지 모르겠는데, 방법은 이렇다. 발효를 일으키는 씨 반죽 한 줌, 그걸 부풀려서 구워낸 빵 한 덩이, 빵 레시피를 패키지로 묶어서 이웃에게 돌린다. 패키지를 받은 사람은 씨 반죽에 재료를 추가해 부풀려 발효한 반죽으로 빵을 굽는데, 그 전에 반죽 일부를 조금 덜어낸 다음, 구워낸 빵 여러 덩이 중 하나를 다음 사람에게 전달할 때 함께 건네야 한다. 행운의 편지처럼 계속 이어지도록 하는 것이다. 나는 그때 이미 다른 사람들로부터 두 차례나 아미시 빵을 전달받은 참이었다. 세 번째로 받고 보니 좀 귀찮아하는 기색을 내비치고 말았는데, 나중에 기억을 더듬어보니 빵은 핑계고 그날 킴벌리가 우리 집에 놀러 오고 싶지 않았나 하는 생각이 든다.

아미시 빵은 이제 됐다며 정나미 떨어지게 군 게 좀 후회됐지만, 킴벌리는 그만한 것에는 토라지지도 않는지 연말이 되자 또 무언가를 한 꾸러미 들고 우리 집에 왔다. 꾸러미 안에는 매해 크리스마스가 가까워지면 만들어서 가까운 사람들에게 돌린다는 케이크와 뉴스레터 한 장이 들어 있었다.

PC로 직접 작성한 뉴스레터 안에는 한 해 동안 이 가정에 어떤 일들이 있었는지, 아이들 각각이 얼마나 자랐고 어떻게 지내고 있는지를 간략하게 적어 넣은 글, 가족사진 몇 컷, 케이크 레시피가 마치 신문처럼 편집되어 담겨 있었다. 해마다 연하장 삼아 만들어 돌리는 것이라고 했다.

그때의 내 감정을 어떻게 설명해야 할까. 사람의 마음은 때로 이상한 방식으로 작동하는 모양이라 나는 그 사랑스럽고 탄복할 만한 연말 선물을 받고는 고마운 한편 좀 질리는 기분이 되었다. 고약하지만 그랬다. 나 같은 사람은 도저히 흉내 낼 수 없는 방식으로 사는 킴벌리와 나 사이에 별안간 아득한 이질감이 밀려들면서 마음이 뒷걸음을 쳤다. 시대의 보편적인 욕망 같은 것들에 무심한 채로 이토록 바지런하고 선하게 작은 단위의 것들에 집중하고 사는 킴벌리가 나를 너무 깍쟁이처럼 보이게 한다는 생각이 든 것이다.

그런 뒤 얼마 안 있어 남편의 직장에서 대규모 인사이동이 있었고, 그 결정에 따라 우리는 미시간을 떠나 코네티컷으로 이주하게 되었다. 미국 생활을 시작했던 동부로, 바다를 볼 수 있는 뉴욕과 보스턴이라는 대도시 근처로 다시 오게 된 것이

기뻤던 나는 이사를 준비하면서 쾌재를 부르는 마음을 숨겨야 했다. 대부분의 미국인이 재수 없어 하는 '건방진' 동부로 간다고 들뜨는 모습이 중부 사람들에게 곱게 보일 턱이 없으니까. 실제로 한 친구는 바닷가 근처로 이사 가는 게 기대된다는 내 말에 샐쭉해져서는 오대호가 바다만 못할 것 없다며 고향을 옹호했다.

그렇게 미시간을 떠나 코네티컷으로 온 나는 뉴잉글랜드 지역인 특유의 콧대를 가진 사람들 틈에서 두 아들을 키우며 열다섯 해를 살았다. 푸른 바다와 화려한 뉴욕이 있는 곳으로 돌아오는 걸 내륙 탈출이라고 여겼지만, 여기서 사는 동안 나는 때때로 미시간을 떠올렸고, 그 회상의 끝에 그리움이 매달려 있다는 걸 자각하며 당황스러워하곤 했다. 돌아가고 싶은 마음이라고는 할 수 없지만, 코네티컷 사람들에게는 없는 중부 사람들의 무던한 안정감에 대한 향수가 마음의 빈 우물을 채우고 올라와 찰랑거릴 때가 있음을 부정할 수 없었다. 더 진보적이고 더 유연하다고 자부하는 동부 사람들이 자기 안으로만 굽는 영리함을 발휘하며 은근히 벽을 세우는 모습을 볼 때마다 반사적으로 중부 사람들의 느긋함을 기억해 끄집어내고 쓸어보는 것이다. 사람 간의 거리를 극복하려는 의지를 드러내는 데 주저함이 없는 중부인들의 넉넉한 성정과 평야가 많은 그쪽 지형은 서로를 비추는 거울처럼 그대로 닮아 있었고, 나는 떠난 다음에야 그 점을 반추하며 오래도록 곱씹었다.

최근 몇 년 동안 미국의 대법원 법관 과반수가 보수 성향의 인물들로 채워지면서 미국의 일부 주에서는 낙태 금지 법안이 부활했다. 시대를 역행하는 사건인 동시에 여성의 권리를 짓누르는 제도의 부활에 여론과 언론, 정치권이 모두 들끓었고, 이 제도로 인한 부작용 사례가 불거지기도 했다. 산모의 생명이 위독해 낙태가 불가피한 상황에서도 법을 지키려면 손을 놓고 있어야 하는 경우가 생기니, 낙태가 위법이 된 주의 의료업계 종사자들로서는 난감한 상황에 봉착한 것이다.

낙태 금지 법안이 통과해 각계 여성 인사들이 분노의 목소리를 쏟아내는 것을 보면서 나는 한동안 잊고 지내던 킴벌리를 떠올렸다. 낙태는커녕 피임조차 금기시하는 그녀의 교회와 교인들에 대해서도 생각했다. 이 법안을 두고 목소리를 내는 이들의 기준으로 볼 때 킴벌리 같은 사람들은 무식한 시골 광신도에 지나지 않을 것이다. 나 역시 한편으로는 킴벌리를 그렇게 여겼을지도 모른다. 게다가 나는 진부하기 짝이 없는 표현이라며 '리버럴'이라는 용어 남발을 삼가는 까탈을 부리면서도 내심 나 자신을 리버럴하고 비종교적이라고 자부하기도 하는 이중적인 유형의 인간이다.

여과지를 받치고 하는 대화가 더 이상 공허하지도 않거니와 사람과의 거리 조절에도 능해졌다고 자평하게 된 내가, 정확히 말하면 시대에 맞춤한 갑옷으로 무장했다고 생각하는 내가, 낙태법 논란에 킴벌리를 끌어와 회상하면서 경계선을 서성거리는 이유는 뭘까. 나는 내가 아는 거의 모든 이들이 '야만적'이라는 딱지를 붙일 킴벌리와 그 교회 사람들이 살아가는 표정을 알고 있다. 그 얼굴들에 관한 기억이 작금의 낙태법 관련 논란 근처에서 필름처럼 돌아간다.

내가 그곳을 떠나올 무렵 킴벌리는 12인승 밴을 중고로 사서 몰고 다니기 시작했다. 일곱째 아이의 출생으로 이전에 타던 8인승 미니밴은 더 이상 쓸모가 없어졌기 때문이다. 킴벌리의 일곱 번째 아기는 마침내 딸이었다. 처음으로 여자 아기 옷이 필요하게 된 킴벌리는 앙증맞은 아기 드레스로 채운 옷장을 열어 보이며 만족스러운 미소를 지었다.

이삿짐 트럭으로 우리 살림이 들어가고 있을 때, 외출하는 길에 작별 인사를 하겠다고 들른 킴벌리의 12인승 밴에는 일곱 아이가 전부 타고 있었다. 7월의 햇볕이 쏟아지는 내 옛집의 앞마당에서, 당시 네 살이었던 큰아이와 나는 엔진 소리가 요란한 킴벌리의 밴을 향해 손을 흔들었다. 나와 포옹을 나누고 운전석에 오른 킴벌리는 안전벨트의 버클을 채운 뒤 활짝 웃어

보였다. 출발 직전 킴벌리가 룸미러를 보며 무슨 말인가를 하자 차창마다 다닥다닥 붙은 아이들이 밖에 서 있는 우리에게 손을 흔들어대며 이를 드러내고 웃었다. '진보적이고 건방지고 세련된' 동부로 떠날 우리는, 킴벌리와 일곱 아이를 태운 푸른색 밴이 부르릉 소리를 내며 킹슬리 서클을 빠져나가는 모습을 바라보았다. 지금에 와서 돌아보니 그 이별은 노먼 록웰(20세기 변화해가는 일상적인 미국인의 생활을 대중적으로 표현했다)의 그림 같은 것이었다는 생각이 든다. 다분히 미국적이면서 그렇게 이상하지도 않은.

김혜수, 앨빈 토플러, 그리고 전쟁

배우 김혜수가 법조인으로 나오는 드라마를 보다가 서글서글한 눈망울의 그녀가 이제 오십 대의 중년 배우라는 걸 새삼스레 깨달았다. 김혜수가 고교생 스타이던 시절에 나는 〈여학생〉이니 〈하이틴〉이니 하는 소녀용 잡지를 열심히 사서 보던 중학생이었다. 김혜수를 비롯한 또래 스타들이 계절 특집 화보에 자주 등장했는데, 십 대의 김혜수는 어떤 컷에서든 압도적이어서 늘 선망하며 들여다보곤 했다.

이후 내가 몇 살 더 먹고 난 뒤의 일인데, 즐겨 듣던 라디오

프로에 대학생이 된 김혜수가 출연해서 단막극을 진행한 적이 있었다. 어렴풋이 기억하기로, 프로그램 구성작가가 쓴 일기 형식의 산문을 김혜수가 받아 읽은 뒤 주인공인 화자 역을 맡아 짤막한 콩트를 하는 코너였다. 그때는 흥미롭게 들었지만 지금 생각해보면 허세가 덕지덕지 묻어 있는 글이었다. 내키지도 않는 미팅에 나가서 만난 남자가 사진이 취미라기에 어떤 렌즈를 쓰냐고 물었더니 자동카메라를 쓴다고 해서 한심했다든지, 밖을 쏘다니며 법석을 떠는 친구들과 달리 화자는 호젓하게 도서관에 틀어박히길 선호한다고 과시한다든지 하는. 어쨌거나 당시의 내 얄팍한 취향엔 그럴듯하게 들려서 이렇듯 자세히 기억할 정도로 귀를 기울인 것이다.

더 웃긴 건 그 코너에서 얻어들은 정보의 영향을 받고 내가 생애 최초로 사회과학 분야의 책을 사보게 된 일이었다. 미팅남을 비웃어댄 글 꼭지에 최근 출간된 앨빈 토플러의 《권력이동》을 읽었다며 이러쿵저러쿵하는 내용이 들어 있었기 때문이다. 지식 밑천이 빈약했던 내게 계시처럼 날아와 꽂힌 제목이었다. '권력이동'이라니, 얼마나 있어 보이는 글자인가! 당장 사서 읽고, 결정적 키워드가 포함된 내용을 몇 줄 뽑아서 읊고 다니면 지성 집단을 향해 그야말로 '이동(shift)'할 수 있으리란 낙관을 주는 제목이었다.

하지만 당시의 내가 외국 석학의 사회과학서를 흥미롭게 읽을 깜냥이었을 리가 없어서 독서는 고역이었다. 이해도 못 하면서 설렁설렁 훑었을 뿐이라 독후감이랄 것도 없고, 단지 그래서 어쩌라는 건가 싶었다. 정보가 힘이 되는 시대가 온다는 건데, 그게 과연 새로운 인식인지도 의문이었다. 적을 알고 나를 알면 백전백승이라는 말도 있지 않은가. 그 논리로 책 한 권을 메울 일인가도 싶었다. 당시의 내게 정보라는 말은 지식의 또 다른 표현일 뿐이었다. 어휘를 사전적으로만 이해하고 있었고, 인터넷은 아직 등장하지 않은 때였다. 미래에 일어날 테크 사회 정보 전쟁의 윤곽을 그 책을 통해 가늠하기엔 나의 배경지식은 백지에 가까웠다.

오십 대의 김혜수가 나오는 드라마를 보던 중 러시아가 우크라이나를 침공하는 일이 벌어졌다. 사안과는 아무 연결고리가 없는 김혜수를 보며 그녀의 낭랑한 목소리를 통해 알게 된 《권력이동》이 전면에 내세웠던 용어를 생각했다. '정보'.

미국은 러시아가 우크라이나를 공격할 거라는 정보를 미리 알고 꾸준히 만방에 알려왔다. 심각하게 받아들인 이들도 있었고, 다른 이슈를 다루기 바빠 큰 관심을 두지 않은 쪽도 있었고, 으름장 놓기 좋아하는 푸틴의 평소 습관일 따름이라고 본 시각도 있었다.

기습 공격이 목적이었던 러시아의 계획은 정보가 새어나가는 바람에 김이 빠졌으나 비극은 결국 진행되었다. 그간 언론을 통해 글자로 예고되었던 것들이 사진과 영상으로 구체화되는 걸 지켜보며 나는 문제의 그 단어를 곱씹었다. 앨빈 토플러가 책 한 권의 지면을 소비해 설파했던 정보의 힘. 그것이 품고 있는 무한대의 결속력과 파괴력에 골몰하게 된 것이다.

정보는 무언가를 벌어지게 할 수도 막을 수도 있다. 사람들을 모으게도 흩어지게도 할 수 있다. 세상을 구할 수도 또 분열로 망가뜨릴 수도 있는 것이었다. 정보는 이제 스스로 변형하는 유기체가 되어서 진짜와 가짜가 뒤섞여 날뛰는 괴이한 시장 생태계도 만들었다. 앨빈 토플러는 과연 이 모든 것을 예측한 것일까?

전쟁이 벌어지는 동안, 관련 정보는 여러 형태로 조각이 나서 굴러간 곳의 시각, 입장, 여론의 눈밭을 구르며 각기의 몸피를 불리기도 했다. 미국발 정보, 우크라이나발 정보, 러시아발 정보, 인접국들의 역사 및 이해관계에서 출발한 정보, 반미 정서에 기반을 둔 정보 등등이 유영하면서 온라인 세상에서도 해석과 분석 전쟁이 횡행했다.

나는 한국에서 출생하고 자랐으며 프랑스 학교에 적을 둔 적이 있는 유럽 유학파다. 이후 미국에 정착해 살게 된 나는 선명한 금 안으로 들어가길 주저하는 성향의 인간이 되었다. 입장을 정하기에 앞서 일단 사방을 둘러보는 것이다. 국제 사회의 이슈는 물론이거니와 일상의 단순한 사안을 볼 때도 그렇다. 객관적인 시각을 견지하려는 의지의 일환인 건지, 개인사가 축조한 기질의 반작용인 건지는 알 수 없다. 다만 매사에 온갖 것을 들여다보며 생각을 비틀어보는 게 체화되니 피로할 때가 잦다. 어떤 때는 객관적인 게 옳은지조차 모르겠다. 객관성은 때로 냉소의 얼굴을 하고 있으니까.

한국이 모국이라고 한류 열풍에 광적인 환호를 보낸다거나, 프랑스 유학파라고 친프랑스적이 된다거나, 미국에 정착했다고 해서 미국적 세계관에 경도되는 것을 골고루 경계하지만, 그렇다고 해서 일관되게 관조적이지도 못하다. 사안에 따라, 또는 마음이 끌리는 방향에 따라 흔들리는 존재니까. 그래도 한 발짝 물러나 둘러보려는 의지를 포기하지 않는 건 아마도 내가 그 태도에 자존심을 걸고 있어서일 거다.

특정 국가의 편에 서는 것에 대한 거부감 면역 반응일 수도 있다. 일본 유학파 일부가 친일의 선봉이 되어 뒤틀린 식민사관과 정치 풍토를 퍼뜨리는 모습에 질색한 나머지 내가 혹시 이해타산과 정에 이끌린 오판을 할까 봐 내면을 검열하려 드는 것이다. 물론 하나의 목소리를 내는 사람이라고 해서 한 곳만을 보고 있진 않다는 것은 안다. 타인을 단순하게 규정했다가 허를 찔리는 경험은 또 얼마나 허다한가.

그렇다면 단순한 건 위험하고 복잡한 건 좀 더 안전한 것일까? 모든 사안에는 큰 줄기, 갈래 줄기, 잔 줄기의 입장과 시각이 골고루 따라붙는다. 나는 섬세하고 촘촘한 것을 간과하지 말자는 쪽이지만 정보의 바다에서 익사할 듯한 기분이 들 때도 있다. 정보가 담고 있는 내용이 절망의 색채를 띠고 있으면 더욱 그렇다. 그럴 때면 극명한 것에서 자유를 얻기도 한다. 힘을 빼도 될 듯싶은 것이다.

추위와 배고픔에 시달리던 러시아 병사가 우크라이나 사람들이 주는 음식을 달게 먹고, 누군가가 건네준 전화기로 고향에 있는 가족과 영상통화를 하며 울먹이는 장면을 여러 번 봤다. 이 전쟁의 배경을 제대로 알고 싶어서 온갖 인사이트를 섭렵하던 중 그 영상을 접했는데, 그걸 보고 나자 더 나아갈 의지가 사라졌다. 거기에 머물고 싶었다.

자주 들여다보는 미국 내 한인 온라인 커뮤니티에서도 우크라이나와 러시아의 과거사를 축으로 한 각종 정보와 의견이 올라왔다. 세부 지식과 설득력으로 무장한 글들을 훑어 내리던 내 손이 어떤 댓글을 보고 멈췄다. 댓글 작성자가 그날 겪은 일을 적은 것이었다.

글쓴이는 아이를 학교에 데려다주러 갔다가 친분 있는 엄마들을 만났는데, 하필 그 두 사람이 각각 러시아 출신과 우크라이나 출신이었다고 했다. 외국 생활 도중 이민자들끼리 가까워지는 건 자연스러운 일이라 평상시 같으면 주목받았을 내용은 아니었다. 다만 때가 때인지라 두 사람의 모국 간에 벌어진 전쟁 이야기를 비껴가진 못했는데, 러시아 엄마가 우크라이나 엄마에게 미안하다고 말하며 먼저 울어서 둘이 부둥켜안고 통곡했다는 사연이었다.

사과와 눈물. 이를 압도하는 답은 무엇일까. 선 안으로 들어가기 전 용의주도해야 한다고 버티는 나와 감정의 서사 앞에서 주저앉는 나는 결국 한 사람이다. 복잡하다가도 단순하기 그지없는.

서러운 콘비프와 흥겨운 컵케이크

미시즈 아무개는 풀이 죽은 목소리로 성 패트릭 축제일 점심 파티를 취소한다고 알려왔지만 나는 내심 반가웠다. 예정된 식사 메뉴는 그 기념일의 상징 음식인 콘비프였는데, 나는 소금에 절인 고기를 좋아하지도 않거니와 당일에 하고 싶은 게 있었다. 아일랜드인들의 축제일인 만큼 성 패트릭 기념 퍼레이드 구경을 나가고 싶은 마음이 더 컸다. 그러니 미시즈 아무개의 파티가 없어진 게 오히려 좋았다.

최근에 읽은 책 《밀크맨》이 아일랜드와 영국 사이에서 정치적 분쟁사를 겪은 북아일랜드 배경의 소설인데, 만연체로 그득한 장편을 어렵게 읽어냈던 직후라 관련 민족의 축제를 즐김으로써 독서에 쏟은 내 노력을 보상받고 싶었는지도 모르겠다. 유학생이었던 남자의 아내로 미국 생활을 시작해 스무 해 이상을 살고 보니 이제 아일랜드 축제까지도 이민 문화의 하나로 인식할 만큼 이 땅의 다양한 얼굴과 골고루 눈을 맞춰보는 여유가 생긴 것일 수도 있으려나.

반면 크리스마스 이후로 아들네 가족을 만나지 못한 미시즈 아무개에게 성 패트릭 축제일은 가족 모임을 기획할 또 다른 구실이었다. 그 가정이 '맥키나'나 '오브라이언' 같은 아일랜드계 성씨를 가진 집안이 아니긴 해도 대수로울 건 없었다. 아일랜드계가 흔한 이 지역에서는 그날이 돌아오면 초록색으로 치장하고 콘비프와 흑맥주를 먹고 마시는 관습에 다들 익숙하니까. 영국계 성씨를 가진 집안이라고 해서 그날을 기념하지 말란 법은 없는 것이다.

미시즈 아무개는 이 동네의 수재로 자라서 대도시로 진출해 상류 사회의 삶을 살게 된 아들 자랑을 끝도 없이 해왔던 터, 내게 직접 보여주고 싶긴 했을 것이다. 바쁘다며 자주 오지 않는 아들네도 불러들일 겸 내게 자랑도 할 겸, 아일랜드 명절을 핑계로 임도 보고 뽕도 따려던 거였는데, 아들네가 사정이 있어 못 온다고 하니 실망스러워 기운이 빠진 미시즈 아무개는 파티를 취소해버렸고, 이는 우리 가족이 부록이었다는 증거이기도 해서 나는 오히려 말끔한 기분으로 축제 구경을 나갈 수 있었다.

축제를 위해 차량 통행을 막아놓은 다운타운 일대는 초록의 물결로 들썩들썩 북적였다. 지역 내 아일랜드계 혈통은 모조리 모여들었을 것이고, 아일랜드와 아무 상관이 없는 지인들도 드문드문 눈에 띄었다. 너 나 할 것 없이 성 패트릭 축제를 지역 행사로 받아들이고 자연스레 참여해 분위기를 돋우는 모습이었다.

성 패트릭 기념일은 아일랜드에 기독교를 전파한 성 파트리치오를 기리는 날이고, 그날의 상징색인 초록은 성 파트리치오가 삼위일체를 설파하기 위해 사용했다는 클로버 색에서 유래한다. 축제 분위기에 일조하겠다는 심산에 나도 초록색 목도리를 두르고 나갔는데, 현장의 에티켓으로도 방한용으로도 쓸모가 좋았다.

아일랜드 민요가 울려 퍼지는 거리에서 인파에 떠밀려 걷다 보니 배가 고파졌다. 쉽게 눈에 띄는 건 피자였으나 이국적인 축제에서 흔해빠진 걸 먹고 싶진 않았다. 그쯤 와서야 염치없게도 콘비프가 당겼다. 미시즈 아무개가 대접하겠다고 했을 땐 구미도 돌지 않았던 주제에 말이다. 분위기에 휘둘리는 알량한 내 입맛에 혀를 차며 거리 한쪽 모퉁이의 아이리시 펍으로 향했다. 흑맥주와 더불어 언제든 아일랜드 음식을 즐길 수 있는 곳이라는 건 알고 있었으나 평소에 일부러 찾는 외식 장소는 아니었다.

그러나 막상 술집 앞에 도착하니 들어갈 엄두가 나지 않았다. 날이 날이니만큼 활짝 열린 문으로 보이는 실내의 인파가 어마어마했다. 다들 나처럼 아일랜드의 축제일에 어울리는 장소로 그 술집을 기억해낸 것인지도 몰랐다. 자리 차지는 고사하고 주문할 차례조차 오지 않을 것 같았으나 가질 수 없으면 더 간절해지는 법이었다. 뜨거운 솥에서 막 꺼내 모락모락 김을 내는 콘비프, 같이 삶아낸 감자와 당근, 양배추가 먹음직스럽게 어우러진 한 접시가 눈앞에 아른거렸다. 하는 수 없이 나는 미리부터 자리를 잡고 점심부터 해결할 걸 그랬다고 투덜거리며 술집 앞에서 돌아서야 했다.

소금물에 재워두었다 삶아 먹는 콘비프는 사실 아일랜드인들에게 뼈아픈 음식이다. 영국의 지배를 받던 시절, 아일랜드의 목초지에서는 엄청난 수의 소가 자라고 있었지만, 식민지의 민족에게는 그림의 떡이었다. 영국은 아일랜드에서 키워 도축한 소를 죄 본토로 가져갔고, 아일랜드인들은 낙농업을 하고도 감자를 주식으로 연명하다가 대기근을 겪었다. 그때 수많은 아일랜드인이 조국을 버리고 떠날 수밖에 없었다니, 그들이 민족 축제일에 콘비프를 먹는 건 과거의 설움을 보상받는 의식이기도 한 것이다.

소설 《밀크맨》의 배경인 북아일랜드는 영국에서 이주해 온 사람들이 많았던 지역으로, 종교와 경제, 정치의 대립 속에서 숱한 분쟁과 유혈 사태를 겪어왔다. 1990년대 말에 와서야 벨파스트 협정이 이루어지고, 영국으로 남기를 원하는 쪽의 개신교파 무장 세력, 아일랜드와의 통합을 주장하는 천주교파 무장 세력 간의 분쟁이 간신히 가라앉았다.

《밀크맨》의 작가 애나 번스는 바로 이 벨파스트에서 삼십 년에 걸친 분쟁을 겪으며 성장했다. 정치와 종교로 대립하는 양측 무장 세력의 린치, 고문, 살인, 의심, 고발, 누명, 감시, 테러가 만연한 현실을 지나왔고, 그 시기에 보고 듣고 경험한 것들을 소재로 책을 썼다. 어떤 소설가에겐 무슨 소재를 택하든 무의식적으로 또는 의식적으로 천착하게 되는 주제가 있는데, 애나 번스에게는 북아일랜드 분쟁사가 그런 것으로 보인다. 애나 번스가 《밀크맨》 이전에 집필한 작품들도 전쟁으로 황폐해진 북아일랜드에서의 경험을 담고 있으니까.

소설 속 지명과 인물에는 이름이 없다. 이쪽과 저쪽, 국경 너머와 물 건너, 남자 친구, 반대자들, 핵소년, 알약소녀, 오래된 친구, 아무개 집안의 아무개 등이 고유명사를 대신한다. 그럼에도 독자는 그것들이 어디를 말하고 누구를 칭하는지 짐작할 수 있고, 오히려 그 익명성이 정치 분쟁으로 시끄러운 지구촌 곳곳에서 소설과의 유사성을 발견해내는 데 도움을 준다.

은유와 돌려 말하기, 의식의 흐름을 따라 이어지는 긴 문장 때문에 《밀크맨》을 가독성 좋은 소설이라고 말하긴 어렵다. 이 소설에 강한 목소리를 부여하는 건, 대의에 매몰된 지역 사회 안에서 개인의 존엄이 무너지는 비극에 희극적 문체로 거리감을 만들어주면서 동시에 세밀하게 그려낸 점이다.

북아일랜드인들이 영국 소속으로 남기를 원했든 그러지 않았든, 아일랜드와 북아일랜드를 함께 품고 있는 섬의 현 지도를 보면 부자연스럽긴 하다. 섬의 한 귀퉁이만 국경을 긋고 영국에 속해 있으니까. 그보다는 섬 전체가 한 나라인 게 더 그럴 듯한 그림으로 보일 테지만, 그건 그 땅과 아무런 이해관계 없이 지도를 평면적으로만 보는 내 시점 탓일 것이다. 그 땅에 속해서 온갖 입체적 망에 삶이 꿰인 이들에게는 결코 간단한 문제가 아니므로 섬 일부에 국경선이 그어지고 그곳, 즉 북아일랜드라 불리는 지역은 영국령으로 남았을 터다. 그리고 그것은 확실히 누군가에게는 만족스럽고 누군가에게는 실망스러운 결과였을 것이다.

아이리시 펍에서 콘비프를 먹겠다는 의지를 포기해야만 했던 나는 하릴없이 다시 중심가 쪽으로 들어갔다. 퍼레이드의 하이라이트인 백파이프 악단의 행렬이 끝도 없이 이어졌다. 백파이프 행진을 한동안 바라보다가 천천히 걸어서 단골 케이크 가게로 갔다. 케이크 가게에 가면 무언가 기념할 만한 걸 찾을 수 있을 것 같았다.

아니나 다를까, 성 패트릭 데이 기념 특별 컵케이크가 진열대 위에 그득했다. 흑맥주가 들어간 케이크 시트를, 아이리시 크림 술맛이 나는 프로스팅과 초록색 설탕으로 장식한 컵케이크를 골라 포장해달라고 했다. 집에 돌아가 따끈한 커피에 곁들여 먹으면 그럭저럭 구색이 맞는 축제일 기념 의식이 되지 않겠나 싶었다.

케이크 가게 직원이 내가 고른 컵케이크를 포장하는 동안 초록색 모자를 쓴 사람들이 연달아 중심가를 빠져나가거나 들어서거나 하는 모습이 창을 통해 보였다. 인종도 국적도 다양한 축제에서 활기를 얻어가며 행복할 뿐인 사람들. 기원이 무엇이든 축제는 어디서나 흥겹다. 미국의 작은 바닷가 마을을 들썩이는 축제 속에 스며들어 있자니, 얼마 전 읽어낸 소설 안에 흥건했던 아일랜드의 참혹한 과거사가 마치 꾸며낸 드라마

같기도 했다. 이야기를 남기는 이들이 없으면 모든 건 그렇게 축제의 화려한 포장으로만 기억될지도 모르겠다는 생각이 들었다.

케이크 가게를 나서면서 보니 행렬이 시가의 중심을 벗어나면서 백파이프 소리도 옅어지고 있었다. 오후의 해가 저만치 기울었고, 다운타운을 가로지르는 미스틱 리버는 이제 본격적으로 찬 기운을 퍼뜨리며 밤의 신호를 보낼 터였다. 강의 이쪽과 저쪽을 잇는 다리 위로 행렬의 꼬리에 붙은 행사 참가자들이 점멸등처럼 나타났다 사라졌다.

거리는 곧 조명으로 반짝거릴 테고, 축제의 열기를 식히지 못한 사람들은 귀가하는 대신 펍으로 몰려가겠지. 분쟁의 역사도 기근의 역사도 영화로 만들어 팔아 부자가 될 수 있는 나라에서 초록색 모자를 쓰고 흑맥주로 채운 잔을 부딪치며 콘비프를 먹기 위해.

소설 《밀크맨》의 인물들, 북아일랜드 분쟁 시절의 그 모든 아무개들, 국가와 종교와 신념이라는 대의 아래 축제를 잃어버리고 살았던 사람들이 오늘날의 이 광경을 보면 과연 어떤 기분이 들까.

나는 영국식 이름을 가진 주인 여자가 아일랜드 축제일 맞춤 디저트를 만들어 파는 케이크 가게 앞에서 초록색 목도리를 고쳐 매며 소설 《밀크맨》에 나왔던 수많은 아무개를 생각했다. 희미해지고 있는 백파이프 가락에 맞춰 춤을 추듯, 차를 세워 둔 곳을 향해 걷는 내 손끝에서 케이크 상자가 달랑거렸다.

마을이 키워낸 멘토

제이미가 고등학교 졸업 기념 댄스파티에 참석하지 않은 건 놀라운 일이 아니었다. 미국의 여고생들에게는 결혼식을 앞둔 신부가 웨딩드레스를 고르느라 고민하며 들뜨는 것만큼 댄스파티에 입을 드레스가 그 계절 초미의 관심사다. 그러나 극도로 내성적인 성격의 제이미와는 무관한 일이었다. 동급생들이 드레스와 턱시도를 입고 파티에 가서 인스타그램에 올릴 사진을 찍는 동안 제이미는 어디에 있었을까?

그날 제이미의 일정은 평소와 다름없었다. 방과 후면 늘 시간을 보내왔던 로보틱스 동아리방에서 편안한 옷차림으로 후배들과 무탈한 저녁 시간을 보낸 것이다.

댄스파티에 참석하지 않은 '아싸' 제이미를 '인싸'로 만들어 준 건 그로부터 며칠 뒤 있었던 다른 행사였다. 작은 단위의 지역 사회 안에서 아이 둘을 키우고 첫아이를 대학에 보내는 과정에서, 나는 그간 몰랐던 미국 사회의 일면을 경험했다. 바로 한 마을의 대표 공립 고등학교를 졸업하는 학생들에게 지역 사회 전체가 되도록 골고루, 온갖 이름을 붙여서 장학금을 주어 떠나보내는 관습이었다. 우리 동네 같은 경우 장학금의 액수는 최소 75달러에서부터 시작해 많게는 수천 달러에 이르고, 행사장의 단상에서 장학금을 받는 졸업생들의 이름이 호명될 때마다 그 돈의 출처가 밝혀진다. 동네의 크고 작은 가게, 독서 클럽, 친목 단체, 로터리 클럽, 가든 클럽, 골프 클럽, 요트 클럽, 아이들이 거쳐온 지역 초등학교와 중학교의 학부모 단체, 개인 기부자 등등 생각지도 못한 다양한 곳에서 매년 기부금이 걷히는 것이다.

제이미는 그해의 졸업생 중 가장 많이 호명되어 최고 액수의 장학금을 받은 학생이었다. 넉넉하지 않은 형편인데도 성실하고 반듯하게 살아가는 모습에 마을과 학교가 합심해 격려를 보낸 것이다. 수줍은 얼굴로 단상에 나가 장학금 봉투를 받았던 제이미는 집에서 멀지 않은 대학에 진학해 적성에 맞는 분야의 공부를 하고 있다. 졸업 후에는 자신을 후원해준 출신 지역의 기업에 취업하고 싶다면서, 고향으로 돌아와 가족과 가까이 더불어 살 계획이라는 뜻을 내비쳤다. 제이미는 그 뜻을 담은 편지를 지역 기업들에 보냈고, 이를 토대로 다음 해의 학비 마련을 위한 추가 장학금도 받았다. 제이미가 고교 시절에 몰두한 로보틱스 클럽을 후원해준 기업들이 지역 사회로 돌아올 제이미를 위해 소위 애프터케어까지 해주게 된 셈이다.

제이미가 몸담은 로보틱스 클럽은 동급생인 내 큰아이를 포함해 작은아이까지 이어 활동 중인 고교생 방과 후 동아리다. 우리 동네의 로보틱스 클럽은 학군 내 공립 학교 부설 프로그램으로 시작되었고, 지역 내 기업에 근무하는 엔지니어 학부모들이 주축이 되어 설립을 추진했다. 현재 로보틱스 대회를 주관하는 여러 단체 중 FIRST(For Inspiration and Recognition of Science and Technology)라는 조직에 등록되어 있다.

FIRST 프로그램은 미국의 발명가 딘 케이멘과 MIT의 기계공학과 교수인 우디 플라워스에 의해 개발됐다. 성장기 아이들이 기술 및 공학 분야의 재능을 꽃피울 기회에 노출되어야 한다는 신념으로 1989년에 FIRST라는 단체를 조직한 딘 케이멘은 이를 자신이 성취한 일생의 성과 중 가장 자랑스러운 것으로 여긴다고 말했다. 시즌 피날레로 열리는 결승전만 해도 전 세계에서 800여 팀에 이르는 고교 로보틱스 클럽 학생들이 모여드는 국제 규모의 대형 행사가 되었으니, 케이멘의 자부심이 과장은 아닐 것이다. 생의 보람 중 결정체는 무엇보다 몸담은 분야에서 후학을 양성하는 일 아닌가.

FIRST 외에도 로보틱스 대회를 운영하는 조직이 몇 군데 더 있는데, 각 단체는 참가 로봇의 크기와 경기 운영 방식을 차별화해 대회를 진행한다. FIRST의 경기에는 제한된 제작비와 무게로 로봇을 만들어야 참가할 수 있다. 경기장은 그라운드에 홈 베이스와 골이 있는 식으로 구성되고, 각 팀에서 만든 로봇들이 돌아다니며 공이나 큐브를 집어 올리고 골인시켜 득점한다. 로봇이 균형을 잡아가며 구조물에 기어오르거나 매달리는 등 매해 조금씩 다른 방식을 요구받는 퍼포먼스도 득점이나 감점 요소로 작용한다. 이렇게 근거리 팀들과 승부를 겨룬 결과 본선 진출 자격이 주어지면 시즌 막바지에 열리는 월드 챔피언 무대에서 전미는 물론 해외 팀들과도 대결하게 된다. 이 무대가 바로 공학 분야의 차세대 육성과 관련한 각국의 입장이나 처지를 짐작해볼 생생한 현황도라고 할 수 있을 것이다.

FIRST가 미국 단체라 결승도 미국 내에서 열린다. 2022년에는 텍사스주의 휴스턴이 월드 챔피언 결승 대회를 유치했다.

나흘 동안 벌어진 결승 무대에서 그해의 우승은 NASA 인근의 한 고교 팀이 따냈다. 이전에도 여러 번 우승을 거머쥔 미국 내 고교 최강팀 중 하나이고, 해당 학교의 학부모들과 기술 멘토링을 해주는 리더들 다수가 NASA의 엔지니어라니 놀랄 것 없는 결과다. 비록 우승은 하지 못했더라도 한 분야에서 탁월한 성과를 낸 팀들이 있게 마련이라 주최 측은 기업가 정신, 창의성, 엔지니어링, 디자인, 안전, 제어, 미디어, 품질과 프로그램 핵심 가치 예시 등 여러 분야로 세분해 상을 수여한다. 우리 동네 팀은 그해 엔지니어링 분야에서 상을 받았다.

로보틱스 클럽은 로봇을 디자인하는 캐드팀, 실물로 만드는 하드웨어팀, 로봇을 작동하게 하는 프로그래밍팀, 클럽 운영에 필요한 모금과 홍보를 진행하는 마케팅팀으로 구성되어 있다. 이 중 어떤 팀도 기성세대의 경험에 기댄 전문 지식과 전략 없이는 굴러갈 수 없다. 즉 학생들의 독립성과 자발성만으로 그럭저럭 운영되는 성격의 동아리가 아니라는 것이다. 체계적인 운영 보조도 필요하고, 아이들을 지도하는 각 부서의 기술 멘토 없이는 로봇을 만들기도 어렵다. 학생들만으로 굴러가기는 쉽지 않은 스케일의 로보틱스 클럽은 그러면 어떻게 운영되고 있을까.

가을 학기가 시작되면 학부모와 멘토들이 모여 연간 예산

산출, 모금 행사 기획, 굿즈 제작 판매, 지역 기업 대상 후원 요청, 지역 봉사 기획과 실행, 지역 언론 홍보, 지역 내 어린이 여름 캠프를 통한 로보틱스 조기 교육 유도 등 클럽 관련 세부 계획을 짠다. 학부모들은 월례 모임을 하면서 이들 안건을 구체화하고, 1월이 되어 로봇 제작에 들어가는 본격 킥오프 시즌에 들어가면 당번을 정해 팀원 전체가 먹을 수 있는 수십 명 분량의 저녁 식사를 돌아가면서 준비한다. 모든 사안을 매해 제로부터 시작하는 건 아니고, 이 동네 로보틱스 클럽의 경우 경험으로 축적한 기본 틀이 있어서 해마다 새로 논의해야 할 부분만 결정해서 진행하면 된다.

매해 1월 초, 협회 측에서 그해의 경기 방식을 영상으로 공개 발표하면 FIRST에 소속된 전 세계의 각 고교 로보틱스팀은 브레인스토밍을 거쳐 각자의 로봇을 디자인하고 로봇 제작에 매진한다. 3월이 되어 두 달간의 본격 경기 시즌이 오면 학생들은 멘토들의 지도 아래 팀 소유의 컨테이너 트럭에 로봇을 싣고 주말마다 근거리에 있는 팀들과 대항하는 대회에 참가한다. 현실적으로는 결승전 참가를 목표로 하고, 이상적으로는 월드 챔피언 트로피를 꿈꾸면서. 5월이 되면 로보틱스 시즌이 끝이 나고, 학생들은 학년말 시험 준비에 집중하는 등 여름 방학이 오기 전 교과목을 총정리하는 시간을 갖는다.

이토록 품이 많이 드는 활동에 사적인 경비가 얼마나 들어가며, 팀을 이끄는 멘토들은 보수로 얼마를 받을까. 개인 경비가 전혀 들지 않는다고 할 수는 없지만, 학생들이 정기적으로 수업료를 낸다거나 멘토들이 보수를 받고 일하는 식으로 클럽이 운영되진 않는다. 운영비 조달은 모금 행사나 기업의 기부를 주축으로 삼아 이루어지고, 이렇게 자금을 창출해내는 과정 자체가 학생들에게는 단체 운영 방법을 배우는 교육 기회가 된다. 물론 큰 틀은 멘토와 학부모로 이루어진 어른 조직이 짠다.

학부모들이야 아이들을 위해 자발적 봉사를 하는 것이지만, 지역 기업체의 엔지니어들이 어째서 보수도 없이 그 많은 시간과 노력을 고교생 동아리에 할애하는 걸까 싶어 처음에는 나도 의아했다. 그들이 즐거움과 보람으로 학생들과 일하는 걸 이해하지 못했으니 말이다. 학생들과 어울려 로봇을 만들고, 코딩을 가르쳐가며 프로그램을 짜서 로봇을 작동하게 하는 기쁨, 대회에 나가 승부를 겨룰 때의 쾌감. 이런 것이 공학 분야의 괴짜들이 동네 로보틱스 동아리에서 얻어가는 것이었다. 그리고 이는 그들의 퇴근 후 일과에 충분한 저녁 시간이 고스란히 남겨지기에 가능하다.

사익 추구를 위한 학원이나 업체가 아니라도 경비가 많이 드는 동아리 활동인 건 사실이다. 로봇 제작비를 비롯해 대회

참가 시 이동과 숙박, 식대에 이르는 경비 등을 모두 합치면 한 팀당 연간 수만 달러에 달하는 액수가 든다. 학부모의 영향력이 가장 많이 미치는 곳이 실상 이 지점이고, 마케팅팀 학생들은 타 팀원들이 로봇 제작과 프로그래밍에 집중해 있을 때 어른들의 통솔을 축으로 경비 조달을 위해 동분서주한다. 다수 기관과 기업체에 편지를 써서 후원을 요청하고, 팀 유니폼 셔츠나 모자 등 굿즈를 디자인해 판매하고, 웹사이트를 관리하고, 주말 브런치 행사를 기획해 티켓 판매도 하고, 행사 당일 이벤트인 경품 추첨을 위해 지역 내 소상공인들을 설득하여 매장에서 취급하는 제품을 기부받고, 경품 추첨 티켓도 찍어서 판매한다. 학생들은 이 모든 일을 직접 경험해보고, 하나의 단체가 프로젝트를 성사해나가는 과정을 습득하는 것이다.

비용 소모와 운영 난이도의 차이는 있다 하더라도 미국의 공립 고등학교 방과 후 동아리 활동은 대개 비슷한 방식으로 돌아간다. 경험해본 이들은 다 알듯이 미국 부모들도 어느 정도의 소득 수준만 되면 아이들 교육에 무척이나 열성인데, 그 열정이 한국에서 자란 사람들에게는 생소한 형태로 표출된다. 내 아이를 위한 각자도생이 아닌, 내 아이가 속해 활동하는 동아리 전체가 매끄럽게 돌아가도록 학부모들이 협력해서 조직적으로 도움을 주는 식이니까.

미국인의 생활 방식을 잘 모르던 시절에는 종종 의문을 품곤 했다. 이 나라 사람들은 어째서 간단히 돈을 걷어 해결해도 될 것 같은 일을 두고 굳이 떠들썩하고 복잡한 행사를 벌여 치르나 싶었다. 매사를 민첩하고 기능적으로 처리하는 데 익숙하던 내 정서에 변화가 온 건 미국 학부모들이 아이들의 방과 후 활동을 돕는 방식을 지켜본 이후였다. 지역 기업의 지원, 행사를 통한 지역민의 친목 도모, 클럽 활동과 연계된 기부와 봉사를 일상화하는 연습, 지역 미디어를 활용하는 방법 등 어른이 되었을 때 할 일들을 학생들이 미리 체험해보게 하는 것. 이 모두가 바로 미국식 방과 후 활동의 올바른 전형이라는 걸 체득하면서 이민 1세대로서 이 나라의 정서를 배운 것이다. 아이들은 이 과정에서 이룬 것, 느낀 것, 때로는 실패를 통해 배운 것도 잘 버무려서 이른바 '입시 에세이'라는 걸 쓰게 된다. 미국 입시의 정도를 가장 잘 이해하고 있는 사람들이 입을 모아 말하는 '좋아하는 분야에서의 활동 이력'이나 '지역 사회에서 봉사한 이력'이라는 것들은 맥락 없는 활동의 수집이 아니라 동네에서 할 수 있는 방과 후 활동과 봉사, 그리고 체험 수기로 연결되는 포트폴리오인 게 일반적이다.

FIRST에 등록된 미국 내 고교 로보틱스 클럽은 2022년 기준 2,646개 팀에 이르고, 미국 외 팀까지 포함하면 총 26개 국가의

3,225개 팀으로 집계된다. 팬데믹으로 줄어든 숫자라 원래는 더 규모가 크다. 그런데 이들 중 미국 팀을 제외한 강팀이 이스라엘 팀에 몰려 있다는 사실도 눈여겨볼 만한 점이다. 유대계는 동아시계 못지않게 교육열이 높은 민족이니까. 중국, 대만, 싱가포르, 베트남에도 참가 팀이 있는데 한국에는 아직 없는 듯 보인다.

FIRST를 설립한 딘 케이멘은 난독증이 있어서 수월치 않은 어린 시절을 보냈다고 한다. 하지만 세상을 배우려는 의지는 누구보다 강했고, 과학과 공학 분야에 열정을 품고 자랐다. 훗날 케이멘은 낙후 지역민들을 구원한 획기적인 정수 시스템, 세그웨이 전동휠 및 신개념 휠체어 아이봇(Ibot)을 고안해낸 발명가가 되고, 같은 분야에 흥미를 느끼는 성장기 아이들이 몰두할 수 있는 교육 프로그램의 시스템까지 만들어 전 세계로 확산시켰다.

이 글의 첫 부분에 등장한 제이미는 어릴 때부터 심하게 낯을 가리고 사람 대하기를 어려워하는 성향이었다. 아이들이 중학교를 졸업할 무렵이었다. 그때도 졸업 전에 댄스파티가 있었는데, 나는 그 행사의 출입을 관리하는 학부모 자원봉사를 하느라 현장을 지키고 있다가 파티 중간에 퇴장하는 제이미를 보았다. 그날 제이미 역시 한껏 멋을 내고 파티에 왔으나 또래들과 어울리지 못해 눈물을 쏟고는 도중에 그만 집으로 가버린 것이다.

나중에 제이미가 고등학교 졸업 댄스파티에 참석하지 않았다는 이야기를 들었을 때 몇 해 전 중학교 졸업 댄스 파티에서 마음을 다치고 귀가한 소녀를 떠올리지 않을 수 없었다. 하지만 고교 졸업 댄스파티가 있던 날의 제이미는 중학생 제이미와는 달랐다. 즐기지도 못할 파티는 깔끔하게 무시하고 로보틱스 클럽 후배들과 코딩도 하고 아이스크림도 먹는 시간을 선택하는 사람으로 성장한 것이다. 제이미의 클럽 후배인 작은아이의 말에 따르면 팀 안에 있을 때의 제이미는 여느 '인싸' 못지않게 활발하고 유쾌하다고 한다.

현재 대학생인 제이미는 길게는 두 달, 짧게는 일주일쯤 되는 각종 방학 때마다 동네로 와서 로보틱스 클럽 후배들의 대회 준비를 돕는다. 말하자면 예비 멘토 역할을 하는 것이다. 자신을 키워준 마을로 돌아와 장학금을 준 기업에 취업해 엄마와 가까이 살겠다는 제이미의 다짐은 공허한 말잔치가 아닐 것이다. 성장기의 교육 환경을 지나온 사람이라면 내성적인 아이가 학교를 버텨내기 얼마나 힘든지 알고 있다. 외향성이 대접받는 미국에서는 더욱 그렇다. 소위 말하는 내향성을 가졌으나 관심 분야에 집중하는 에너지만은 더할 나위 없이 강한 제이미가 출신 지역의 기업 엔지니어로 취업해 왕년의 자신을 지킬 수 있었던 로보틱스 클럽의 멘토가 되어 있을 미래는 애써 상상해보지 않아도 자연스럽다고 느껴진다.

현재 로보틱스 코딩팀의 아이들은 크고 작은 문제가 발생할 때마다 언제든 선배 제이미에게 연락해 의논하고, 제이미 역시 후배들의 그룹 채팅방에 들어와 문제 해결을 위한 노력에 동참한다. 제이미가 마을로 돌아오는 방학 때마다 코딩팀 아이들은 도넛 가게나 아이스크림 가게로 우우 몰려가 친목 회합을 한다. "안녕, 제이미!" 하고 인사를 건네면 수줍어서 엄마 뒤로 숨던 꼬마 제이미는, 눈물을 쏟으며 댄스파티에서 퇴장한 중학생 소녀 제이미는 이제 없다. 그 대신 공대생 제이미가 방학 때마다 마을로 온다. 조금씩 단단해지고 있는 모습으로.

우리가 볼 수 있게 될 모든 빛

여자인 내가 입담 좋고 매력적인 남자들이 뭉쳐서 떠들고 있는 곳에 귀를 기울이게 되는 건 자연스러운 현상이다. 게다가 그들이 딱 호감 갈 농도만큼의 아둔한 면모까지 적절히 흘리면 싫증을 내기도 쉽지 않다. 비록 그것이 전략적인 바보짓이라 할지라도. 팟캐스트 〈스마트리스(Smartless)〉는 바로 이런 지점에서 나라는 고정 청취자를 매료해 틀어쥐고 있는 방송이다.

이 팟캐스트의 진행자 셋은 모두 배우이고, 각자 자신의 영역에서 얼마만큼의 입지를 다졌지만 하나같이 학교를 중도 이탈한 이력을 가지고 있다. 얼마 전 종영한 넷플릭스 인기 시리즈 〈오자크〉의 주연 배우이자 감독인 제이슨 배이트먼은 고등학교 중퇴가 최종학력이고, 션 헤이스와 윌 아네트는 다니던 대학에서 쫓겨나거나 스스로 때려치워서 졸업장을 받지 못했다. 졸업 실패 소재를 가지고도 방송 중 자조 개그를 일삼는데, 친한 연기자들끼리 심심해서 시작해봤다는 팟캐스트 방송 이름을 〈스마트리스〉로 단 건 또 얼마나 귀여운 배짱인가.

주 1회 간격으로 업로드되는 이 방송의 설계는 각 진행자가 돌아가면서 게스트를 섭외해 오는 것으로 되어 있다. 나머지 두 진행자는 녹화가 시작되기 전까지 당일의 게스트가 누군지 알지 못한다. 게스트는 보통 화제의 인물이거나 진즉에 유명해진 사람들이기는 한데, 다양한 직업군의 사람들이 나와서 느슨하고 격의 없는 분위기에 합류해 사사로운 일상의 면모를 드러내는 점이 매력이다. 집순이 체질이라 셀럽 생활에 적합한 유형은 아닌 것 같다고 스스로를 진단하는 기네스 팰트로의 담백한 고백이나, 아버지가 무서워 억지로 골프를 했던 성장기를 회고하며 미국 골프장을 섭렵하는 아시아계 부모의 모습을 희화화하는 데이비드 장 셰프의 재치 같은 것들이 술술 흘러나올 수 있게 진행자들이 멍석을 잘 깔아준다.

즐겨 듣는 방송이라도 모든 회차를 다 따라잡을 순 없어서 업로드된 리스트 중 내게 흥미로운 인물이 나온 것 위주로 골라 듣는데, 얼마 전에 무심코 아무 회차나 열었다가 내 귀의 주파수를 예리하게 세우는 이야기를 들었다. 영화감독 숀 레비가 나와서, 소설《우리가 볼 수 없는 모든 빛》을 드라마 시리즈로 만들고 있다는 소식을 전한 것이다. 이 소설은 미국 작가 앤서니 도어의 작품으로, 첫 페이지부터 나를 사로잡더니 마지막 페이지를 덮을 때까지 집중력을 풀지 못하게 했다. 숀 레비는 영화 〈박물관이 살아있다〉와 넷플릭스 시리즈 〈기묘한 이야기〉 제작에 참여한 감독임에도 나는 그를 알지 못했었는데, 소설 제목이 언급되는 순간 와락 반가운 마음이 들어서 프랑스의 해변 마을 생말로에서 촬영을 진행하고 있다는 그의 말에 귀를 기울일 수밖에 없었다.

《우리가 볼 수 없는 모든 빛》의 시대 배경은 제2차 세계대전이다. 루브르 박물관의 귀중한 보물 하나를 지켜내기 위해 파리를 떠나 생말로에 은신하는 시각장애인 소녀와 독일 탄광촌의 고아원에서 히틀러 치하 장교에게 발견되는 천재 소년의 이야기가 교차하는 소설이다. 줄거리를 생생히 기억하는 터라 어떤 배우가 주인공을 맡았을지 호기심이 일던 중 숀 레비 감독이 인상 깊은 이야기를 했다. 주인공 마리로르 역할로 기용된 배우가 실제로도 시각장애인이고, 연기 경력이 전혀 없는 사람이라는 거였다.

나도 놀랐지만 원래 배우이기도 한 팟캐스트 진행자들에게는 더욱 납득하기 어려운 이야기인 모양이었다. 촬영장의 흐름이 말 외에도 분위기나 표정, 몸짓, 눈으로 읽어내야 하는 스태프의 기분 같은 것이 합을 이루어 돌아간다는 걸 잘 알고 있는 진행자 세 사람이 앞다투어 질문을 쏟아냈다. 어떻게 구두로만 디렉팅을 하는지, 앞을 못 보는 배우가 대체 어떻게 동선과 방향을 잡고 움직이는지, 또 어떻게 미세한 지시를 이해하며, 어떻게 카메라 앵글 밖으로 벗어나지 않고 연기를 하는지 의문이 줄을 이었다.

산발적으로 쪼개져 흘러나온 질문에 대한 답은 다음과 같다. 감독은 그동안 자신이 해왔던 연출 방식 중 얼마나 많은 부분이 제스처와 표정에 기대고 있었는지를 시각장애인 배우와 일해보면서 알게 되었다는 것, 배우는 스태프들이 바닥에 일일이 작업해 표시한 요철을 발로 더듬어가며 움직여 연기를 하고 있다는 것, 앞을 보지 못하는 마리로르 역할을 위해 실제로 시각장애가 있는 사람을 캐스팅하기로 한 제작진이 아예 처음부터 조건이 되는 사람들만 대상으로 오디션을 진행해 현재의 배우를 찾아냈다는 것 등이다.

종합해보면, 시각장애가 있는 배우가 연기를 하니 예상치 못한 현장의 어려움이 돌발할 수밖에 없는데, 모두가 방법을 배워나가며 드라마를 만들고 있다는 것이었다. 마침 한국에서는 자폐증이 있는 변호사 드라마가 큰 인기를 끌며 반향을 일으키고 있었고, 그보다 조금 이전에는 다운증후군이 있는 캐리커처 작가를 캐스팅한 드라마가 방영되어 장애인과 장애인 가족이 처한 어려움에 대해 공명을 자아낸 바 있었다. 나는 그저 일상을 살기에 급급한 보통 사람이기에 세상에 별다른 영향을 미친 게 없다. 이토록 비범한 타인들이 세상을 진보시킬 때마다 공감하는 염치 정도나 있을 뿐. 그러다 문득 오래전에 있었던 연관 기억 같은 걸 끄집어내 곱씹어보는 것이다.

초등학교 4학년 때 만난 현진이는 성격이 유순했다. 그 동네로 이사 간 지 얼마 되지 않았을 때라 친구가 별로 없었던 나는 놀이터에서 만나 어울리게 된 현진이의 선한 성품 덕에 전학생의 고립감 같은 것을 위안받고 있었다. 한참 현진이와 놀고 있으면 어디선가 그 애의 남동생이 나타나 우리를 따라다니며 말을 걸곤 했다. 성별이 다른 아이들과 노는 걸 별로 편안해하지 않는 나이이기도 했고, 동생의 생김새나 태도가 어딘지 생소해서 내가 좀 낯설어했는지도 모르겠다. 현진이가 그런 내 기색을 눈치챘던 걸까. 새로 사귄 친구와 노는 시간을 방해받기 싫었던 현진이는 동생이 나타나면 달래고 설득해서 집으로 되돌려보내느라 애를 썼다.

그러던 어느 날 현진이가 중대한 비밀을 고백하듯 털어놨다. 남동생이 실은 오빠인데 가족의 합의로 동생이 되었다고. 현진이가 이유를 설명해주진 않았지만 쉬이 짐작할 수 있었다. 나 역시 그 동생이, 아니 그 오빠가 현진이보다 손아래인 게 더 자연스럽다고 느끼고 있었다. 다운증후군의 일반적 특징인 작은 체격과 어리숙한 행동거지 등으로 보건대 오빠의 서열이 현진이보다 아래가 되는 게 적합하다고 암묵적으로 당연시한 것이다. 놀이터의 아이들은 현진이의 오빠에게 못되게 굴지도 않았지만 그렇다고 딱히 같이 어울려 놀지도 않았다. 현진이 부모님이 아이들 놀이 세계의 현장을 모르지 않았을 텐데도 아들을 외부에 자연스럽게 노출하며 키웠던 걸 보면 당시로서는 담대하고 깨인 분들이었을 것이다. 그런데도 자식들의 서열은 뒤바꾸어놓을 수밖에 없었고, 이는 아무리 단단한 성정의 부모일지라도 장애아를 키우면서 편의상 타협해야 하는 부분들이 있었음을 의미한다.

생소한 대상을 접할 때 인간은 부자연스럽다고 느끼고 불편한 감정을 품기도 한다. 오래전 놀이터의 아이들이 그랬듯이. 그것은 문명을 갖기 이전의 인간, 눈에 설은 존재를 경계하는 동물적 야성으로 살았던 시절의 유산이다. 진화와 문명과 교육을 통해, 인간은 생김새가 다른 이들이라고 해서 적대하면 좋을 게 없다는 걸 깨우쳤다. 다른 민족의 언어를 배워가며 함께 일하는 방법도 익혔다. 그리고 이제 우리는 다양성에 익숙해지는 방법을 깨우쳐나가는 중이다.

그렇지만 여전히, 영상물 속에서 멋진 연기를 펼쳐 보이는 이들을 동경하면서도 자신에게는 그 세계로 가는 길과 거기서 낼 수 있는 빛이 없을 거라고 여기는 존재들이 수없이 많을 것이다. 자신들의 이야기를 하는 영화나 드라마에서조차 스스로 배우가 되어 연기할 기회는 없다고 체념을 소화하며 살고 있는 사람들. 《우리가 볼 수 없는 모든 빛》이 영상물로 만들어져 세상에 선을 보이고 난 뒤에는 어떨까. 마리로르의 현신이 소설 바깥으로 나와 입체적으로 움직이고 말하는 것을 모두가 두 눈으로 두 귀로 보고 듣고 난 뒤에는? 그러면 비로소, 우리가 여태 미처 보지 못했던 사람들이 지닌 빛도 하나씩 하나씩 반짝일 수 있게 되는 것일까?

맨해튼 5번가에서

라일리는 원래 다른 그룹의 아이였다. 성적은 상위권에 들었으나 교내의 모범생들 속에서만 지내기엔 라일리가 평소 누리고 사는 것들이 학교 아이들의 평균치에서 한참 웃돌았다. 라일리에게는 학교 바깥의 시간을 함께할 친구들이 필요했다. 해변 쪽으로 늘어선 고급 주택의 뒤뜰 수영장에서 생일 파티를 하는 아이들이 라일리의 친구들이었다. 지역 내에서 입김이 센 조부모를 중심으로 일가친척 모두가 동네 유지로 알려진 터라 라일리는 늘 기세등등했다. 비치하우스의 수영장 파티에 단골로 초대받는 아이들은 그렇게 저마다의 유산이 있었다. 학교의 대표 미남미녀이거나, 근방의 마리나에 부모 소유의 요트가 있거나, 장학금이나 재정 보조 여부를 따지지 않고 사립 대학에 진학할 수 있는 아이들.

그런 라일리가 갑자기 곁에 와서 얼씬거리니 이민자 가정의 아이들이 제법 섞인 '범생이' 그룹에서는 뜨악할 수밖에 없었다. 사힐이 라일리의 레이다에 잡힌 남학생이었고, 사힐의 부모님은 인도계 이민 1세대였다. 마침 사힐은 명문대의 유망학과에 합격한 뒤 부친으로부터 BMW 컨버터블을 선물 받아 몰고 다니기 시작했는데, 라일리가 사힐에게 다가온 때가 그 시기와 맞물렸다. 여자 친구를 사귀어본 적 없는 사힐로서는 라일리를 마다할 이유가 없었다. 하지만 둘의 관계는 본격 연애 단계로 들어서기도 전에 깨지고 말았는데, 친구들과 어울리는 자리에서 보여준 라일리의 처신이 사힐을 창피하게 만든 것이 계기였다.

사힐의 친구들은 라일리의 이상 행동이 무엇 때문인지를 눈치채고 서로 눈짓을 주고받았지만, 라일리는 달뜬 기분을 더 끌어올리고 싶었던지 가방에서 무언가를 꺼내 들었다. 사힐은 대마초에 불을 붙이는 라일리를 말리다가 친구들이 보는 앞에서 크게 다퉜고, 사힐의 첫사랑으로 발전할 뻔한 짧은 썸은 그

대로 맥없이 막을 내렸다. 수영장 파티에서 어울렸던 친구들 사이에서는 허용되었던 기호품이 사힐의 친구들과 어울릴 때는 금기가 되니 라일리에게도 어이없는 일이었을지 모른다. 하지만 어차피 졸업은 얼마 남지 않았고, 십이 년 동안 동네 초중고를 함께 다닌 아이들은 그해 여름이 끝나고 각자의 진로대로 이곳저곳을 향해 떠나 흩어질 참이었다.

한편 범생이 그룹의 또 다른 한 남학생은 대학으로 진학하기 전 여름에 가족 소유의 별장으로 친구들을 초대했다. 호숫가에는 요트도 있고, 저녁이면 집 포치에 앉아 초원의 끝에서 해가 떨어지는 광경을 볼 수 있었다. 원래 아이들끼리만 가려던 여행이었다가 막판에 어른 한 사람이 따라가기로 했는데, 계획이 변경된 데에는 이유가 있었다. 출발을 앞둔 며칠 전 그 남학생의 여동생 방에서 대마초가 나왔기 때문이다. 곱게 기른 딸이 열여섯 살이 되자마자 대마초에 손을 댄 걸 알고 충격을 받은 부모는 아들에게도 경계를 소홀히 하지 말아야겠다고 마음을 다졌다. 이것이 그 집 아버지가 별장 여행 감독자로 동행하게 된 경위였다.

대마초 소지를 들킨 동생은 제 오빠와 달리 학교의 핵인싸 파티 그룹에 속해 있었는데, 이후로 파티 금족령을 받았다. 당사자로서는 보통 짜증 나는 일이 아니었다. 그 파티가 바로 라일리를 비롯한 교내의 '주류'들만 초대받는 비치하우스 파티였으니, 예쁘고 화려한 부잣집 딸이 그런 곳에 발길을 끊는다는 건 앞뒤가 맞지 않는 일인 것이다. 이는 전부 현재 대학생인 나의 큰아이가 고등학교를 졸업할 즈음인 2021년 초여름, 동네의 유복한 가정에서 빚어진 대마초 관련 실사례들이다.

꼬마 때부터 본 주변 아이들 사이에서 벌어진 소동을 접하고 난 몇 달 후, 내가 사는 코네티컷주에서는 대마초 관련 규제가 풀렸다. 만 18세 이상이면 누구나 의료용 목적의 대마초를 여섯 포기까지 집에서 기를 수 있게 된 것이다. 2023년 7월부터는 허용치의 폭이 더 넓어졌다. 21세 이상이면 의료용 기호용 구분 없이 누구나 대마를 기를 수 있는 것이다. 조건이 붙기는 한다. 코네티컷주 정부 웹사이트에 공지된 내용을 보면, 대마는 실내 재배만 허용이 되고, 외부 쪽에서 보이는 마당에 기르는 것은 금지된다. 사용자의 경우, 담배 흡연이 금지된 곳에서는 대마초 흡연도 금지된다니, 이는 담배를 피울 수 있는 곳이면 대마초를 피울 수 있다는 뜻이기도 하다. 직장 내 대마초 흡연을 주 정부 차원에서 따로 금지하진 않으나 공장이나 의료계와 같이 안전사고에 각별한 주의가 요구되는 직종은 예외로 한다고 적혀 있다. 이것 역시 그렇지 않은 곳에서는 대마초 흡연이 가능하다는 말이긴 한데, 직장의 경우는 운영자의 재량으로 규율이 정해지니 실상 일률적이라고 볼 순 없다.

대마초 유통과 소비를 합법화하자는 의견과 반대하는 의견 사이의 대립은 오래전부터 쟁점이었는데, 코네티컷에서는 개정 법안이 근 몇 년 새에 통과되어 대마초 재배와 유통 관련 규제를 단계적으로 풀고 있다. 취지는 간단하다. 중독성이 크지 않으니 재배, 유통, 소비의 전 과정을 음지에서 양지로 끌어올려 관리 감독이 가능하도록 유도하자는 것이다. 그러나 여전히 일부의 인식 속에서는 대마초가 마약으로 여겨지는 터라 규제를 풀자는 정치권발 목소리에 민감한 것도 사실이다. 다만 대마초 유통을 합법화했을 때 주 정부가 얻게 되는 세 수익과 연결해 고려하면 온도가 달라진다.

콜로라도의 선례는 다른 주 정부들에 유혹적인 본보기였을 것이다. 콜로라도주에서 대마초가 의료용으로 허가 난 것은 2000년이고, 기호용으로 허가받은 것은 2012년이다. 합법화된 대마초 재배와 유통 시스템은 콜로라도주 정부의 예산을 풍족하게 해줬고 수많은 일자리 창출도 이뤄냈다. 이른바 경제가 살아난 것이다. 솔깃한 사례가 아닐 수 없었다. 막는다고 막지도 못할 바에야 모든 과정을 가시화해서 범죄의 온상인 마약 카르텔이 주무르는 검은 돈줄을 말리자는 주장에 힘이 실리기 시작했다. 물론 보수적인 분위기일수록 대마초 합법화를 긍정적으로 볼 리 없어서, 주로 진보 성향의 주들을 중심으로 대마초 관련 규제가 점진적으로 해제되고 있다.

코네티컷은 정치적으로는 진보를 표방하지만 대대로 재력가들이 많이 사는 지역이기에 전통을 사수하는 보수적 이미지를 배경에 깔고 있다. 양반 행세를 한다며 코네티컷의 분위기를 조롱하는 경우를 가끔 보게 된다. 예전에 즐겨 보던 드라마에서도 코네티컷이 어떤 이미지인지 보여주는 장면이 있었다. 극중 인물이 자신의 녹음 스튜디오 앞에서 대마초를 피워대는 뮤지션 고객들 때문에 이웃과 마찰을 빚는데, 회유가 통하지 않자 성질을 버럭 내며 쏘아붙였다. 그리 점잔빼고 살고 싶으면 코네티컷에나 가서 살지 뭐 하러 캘리포니아에 죽치고 있냐고. 또 지극히 모범적이고 가정적인 남자가 유방암 치료 부작용으로 고통스러워하는 아내에게 대마초를 가져다주면서 잠시나마 환락을 경험하도록 숨통을 터주는 장면도 있었다. 캘리포니아가 배경인 드라마를 보면서 내가 사는 주에 관한 미국 내 인식의 윤곽이 잡혔다. 교육 수준이 높고, 부자도 많고, 전통에 집착하는 코네티컷에서 대마초 유통이 합법화된다는 건 어떤 의미일까.

대마초가 의료용으로 얼마만큼 도움이 되는지, 혹시 위험하거나 해로운 건 아닌지 나는 판단하지 못한다. 다만 대마초 관련 규제와 인식이 풀어지고 있는 현실을 사는 시민으로서 체감하는 건 있다. 요즘에는 뉴욕의 거리를 걷다 보면 곳곳에서 대마초 피우는 냄새가 난다. 퀭한 눈을 하고 길가에 쭈그려 앉은 노숙자가 모여 있는 곳이라면 어김없이 그 냄새가 맴돈다. 뉴욕 같은 대도시만 그런 것도 아니다. 코네티컷 소재의 명문 예일대 캠퍼스와 연결된 시내 공원을 지날 때도 사방에서 대마초 냄새가 나고, 돌아보면 어김없이 누군가가 달뜬 태도나 목소리로 자신의 환각 상태를 노출하고 있다. 신학기가 되어 학교로 돌아가는 아들을 데려다주느라 함께 짐을 들고 대학교 기숙사 복도를 지날 때도 어느 방에선가 새어 나오는 대마초 냄새가 코끝을 스쳤다.

얼마 전, 줄리아 로버츠의 모성 연기가 돋보인 영화 〈벤 이즈 백〉을 봤다. 마약 중독으로 재활 시설에 들어가 있는 아들이 크리스마스 직전 예고 없이 집에 나타나 온 가족이 긴장에 휩싸이는 장면으로 시작되는 영화였다. 줄리아 로버츠가 연기한 엄마는 명절을 앞두고 집을 찾은 아들에게 마음이 약해져서 약속한 규율을 보류하고 크리스마스가 끝날 때까지 아들을 집에 머물게 한다. 그사이에 기르던 개가 실종되고, 아들과 함께 개를 찾으러 다니게 된 엄마는 아들의 성장기에는 미처 몰랐던 사실들을 뒤늦게야 깨닫는다. 한 마을에서 사소하게 일어날 수 있는 작은 계기로 본인도 모르게 넘게 되는 중독의 입문과 심화 과정이 플롯인 이 영화는 마약 관련 이야기가 으레 그렇듯 절망적이었는데, 그 절망의 핵이 일상의 평지에 놓여 있었다는 게 오싹했다. 크리스마스 쇼핑을 나갔다가 만난 아들의 과거 주치의에게 엄마가 분노를 쏟아내는 장면이 그랬다.

"알츠하이머라 기억나지 않는 게 아니라 기억나지 않는 척하는 거겠지! 내 아들이 하키 경기하다가 다리 부러졌을 때, 그 진통제 처방하면서 당신이 그랬지? 중독되는 약 아니라고. 이 빌어먹을 인간아! 내 아들, 그 약 때문에 인생 조졌어! 알아?"

마약을 소재로 한 영화가 때로는 해피엔딩인 경우도 있다. 갖은 위험을 무릅쓴 주인공 덕에 마약 조직 소탕 작전이 성공하는 엔딩은 얼마나 통쾌한가. 그러나 그런 영화가 마약에 중독된 인물을 핍진하게 다루는 건 본 적이 없다. 궁극의 절망은 해피엔딩의 카타르시스에 흠집을 내니까. 영화는 현실의 중독자를 제거하는 장르 선택이 가능하지만, 현실은 그렇지 않다. 사이다 같은 플롯은 현실에 없다. 수익성의 관점이 결과론의 기준까지 조정하는 시스템 앞에서 그 무엇도 예측할 수 없이 살아가는 우리가 있을 뿐이다.

대마초를 마약과 같은 선상에 놓고 볼 수 없다는 주장도 있고, 의료용 대마를 허용하는 걸 두고 기호용 대마 허용과 같은 기준을 적용하면 곤란하다는 지적도 있다. 한쪽에서는 대마초의 중독성이 니코틴보다 약하다는 소견을 내놓기도 한다. 분명한 것은, 훗날 중독성 문제로 소송의 중심에 서게 되거나 판매가 금지되는 약들도 시판 초기에는 중독성이 없거나 미미하다는 의사의 소견을 달고 처방되었다는 사실이다.

지난 연말엔 방학을 맞은 아이들을 데리고 뉴욕에 갔다. 내 아이들은 어린 시절부터 뉴욕을 소풍 삼아 다녔는데, 오랜만에 내 키보다 훌쩍 커버린 형제를 데리고 도심의 거리를 걷다 보니 예전과는 다른 것들이 눈에 들어왔다. 유아차에 앉혀서 데리고 다닐 때, 내 손에 매달린 말랑하고 작은 손을 놓칠세라 긴장하고 차도를 건너다니던 때에는 세태를 아이들의 실생활과 연결해 비춰볼 필요를 느끼지 않았으니까.

이제는 나보다 보폭이 넓어진 아들 둘과 함께 길모퉁이를 지나는데 코를 찌르는 특유의 냄새가 확 퍼져서 돌아보니 한 여자가 벽에 기대서서 방금 불을 붙인 대마초를 빨아들였다 내뿜는 중이었다. 반사적으로 옆에 있는 둘째에게로 내 시선이 움직였다. 장정처럼 커버린 고등학생이지만 내게는 늘 어린애처럼 보이는 둘째가 그 냄새를 맡는 게 못마땅해서였는지 괜한 잔소리가 나왔다. 이게 바로 대마초 냄새니까 알아서 잘 피해 다니라고 했다.

아이가 어이없다는 듯 헛웃음을 쳤다. 이어 들려온 아이의 말을 통해 나는 평소 내 시야에 잡히지 않는 사각지대의 한 단면과 마주할 수밖에 없었다. 바닷가 작은 마을의 고등학교에 다니는 아이는, 인파의 물결이 끝없이 밀려 내려오고 밀려 올라가는 맨해튼 5번가에서 주머니에 손을 꽂은 채 아무렇지도 않다는 듯 덤덤히 말했다.

"학교에서 화장실 가면 피우고 있는 애들 늘 있어. 내가 대마초 냄새도 모를까 봐?"

아이는 내가 멈춰 선 탓에 뒤에 따라오던 나와 간격이 벌어지는 줄도 모르고 무심히 앞을 향해 걸었다. '그래도' 나와는 거리가 있는 사안으로만 여겼던 일이 내 아이가 사용하는 공간에서 늘 벌어지고 있다는 걸 알게 된 나는 황망히 걸음을 재촉했다. 아이를 따라잡으려고 걷는 속도를 높이는 그 순간에도 예의 그 냄새가 뉴욕의 공기 사이를 떠돌았다.

예쁘니까 정답이다

여기서 LP를 판다고?

카트를 밀고 가다가 멈춰 선 건, 전에는 없었던 레코드 진열대를 발견해서였다. 그곳은 대학가도, 도시의 상점가도, 벼룩시장도 아니었다. 필요한 물건들이 적힌 리스트를 훑으며 분주하게 생필품을 찾아다니기 마련인 체인스토어 타깃(Target)이었다. 시리얼, 세제, 양말, 진통제 같은 걸 사러 가는 매장에, 조금은 별난 취향으로 감성 취미 생활하는 사람들에게나 어필할 코너가 생긴 것이다. 생활용품 판매장이 힙스터의 놀이터를 구현하려 드는 것 같아 피식 웃음이 나오기도 했다.

물론 타깃을 무시하는 건 아니다. 사실 매우 좋아한다. 나만 그런 건 아닌 게, 대화 중 타깃을 화제로 삼으면 미국 여자들 대부분이 조금은 호들갑스럽게 맞장구를 치며 입을 모은다.

"나 타깃 너어어어무 사랑하잖아! 거기만 가면 계획에도 없던 물건을 집어 담게 된다니까!"

동감이다. 나도 실제로 그러니까. 타깃은 고가의 물건을 파는 곳은 아니지만 디자인과 색감이 조악한 건 일반 생필품이라도 매장에 들여놓지 않는다는 점에서 고객의 만족도를 높여준다. 오직 가격으로 승부하는 월마트와는 이른바 '물'이 다른 것이다. 종합해보면 타깃이라는 기업이 주력하는 것이 바로 물 관리다. 매장 인테리어, 물건 진열 방식, 아무리 하찮은 것이라도 예뻐야 한다는 미감 중시, 그로 인해 유입되는 취향의 소비자층까지. 접시 한 장과 속옷 한 벌을 사면서도 자신을 제법 괜찮은 취향의 소유자로 여길 수 있도록 안목 우대 마케팅을 구현한다고 할까. 대접해준 만큼 자기 위치를 인식하게 마련인 인간의 심리란 이토록 얄팍하고 알량한 것이지만 어쩌랴. 우리가 그런 존재인 것을.

그래도 LP 코너는 파격이긴 했다. 생활용품을 사러 가서 음악, 그것도 복고 감성의 물성을 가진 레코드를 집어 드는 사람이 몇이나 될까. 찬찬히 진열대를 훑어봤는데, 앨범의 수가 많지는 않았다. 팝의 고전 비틀스부터 이매진 드래곤, 테일러 스위프트 같은 최근 뮤지션들의 앨범을 적당히 섞어 겨우 구색을 갖춰놓은 정도였다. LP 진열대가 있는 곳은 애플과 삼성의 최신 기기들이 전시된 공간 바로 옆이었다. 첨단과 복고. 그야말로 대척점에 있으며, 서로가 서로를 필요로 하지 않는 것들이 근접 거리에서 공존하는 모습을 보며 나는 LP 코너가 판매를 위해 할애된 공간이 아님을 알아차렸다.

그 지점은 이른바 감성 전략 공간, 즉 '우리는 이런 것도 판다'고 어필하려고 꾸민 에스프리 진열 장소였다. 실용성이 없음으로써 효용성이 창출되는 곳. 본디부터 취향과 감성에 소구하는 이 기업의 마케팅 방식이 한층 더 이미지 지향형이 되었다고 생각하며, 카트에 담았던 물건들을 계산하기 위해 자리를 떴다.

계산대에 도착하기 전 다시 걸음이 멈춘 건 속옷 코너 앞에 내걸린 사진들 때문이었다. 그중 내 시선을 잡아챈 한 사진 속에서는 세 가지 톤의 각기 다른 피부색을 가진 모델들이 란제리를 입고 나란히 포즈를 취하고 있었다. 라틴계, 아프리카계, 아시아계 여성이 '마치 주류처럼' 가장 큰 사이즈의 화보로 제작되어 란제리 코너 전면을 장식한 것이다. 미국에 살면서 어느 장소를 가든 마음 한쪽에 늘 품고 있던 위축 심리에 진동이 일었다. 고착되어 티눈처럼 박인 것을 떼어내자며 누군가 고약을 내미는 것 같았다.

모두가 알다시피, 부끄럽게도 아시아에서조차, 오랫동안 광고 시장은 깡마른 백인 모델들의 무대였다. 하지만 현재 미국의 광고 시장에서는 다양성의 바람이 점점 거세지고 있다. 미국인의 '보통 체격'을 대변하는 모델은 더 이상 생경한 존재가 아니다. 사람들은 이제 통통한 마네킹에 놀라지 않는다. 모델들의 피부색도 다양해졌다. 그럼에도 그날 타깃의 란제리 코너에 내걸린 사진들에 내 걸음이 멈춘 건 다방면으로 공들인 연출이 돋보였기 때문이다.

성의 없이 구색만 갖춘 '껍데기 다양성' 추구에 씁쓸했던 적이 종종 있었다. 이를테면 백인 모델은 가장 예쁘고 날씬한 이로 선정해 중앙에 두고, 피부색을 다양화하기 위해 동원한 모델들이 체격의 다양화 역할까지 맡은 광경을 여러 차례 보면서 괘씸한 기분이 든 적이 적지 않았다.

큰아이가 입시를 치르는 동안 집으로 날아들었던 대학 브로슈어에서도 마찬가지 경우를 발견하곤 했다. 여러 문화권의 학생들을 차별 없이 수용하는 것처럼 캠퍼스 내 학생 무리를 앵글에 담았는데, '잘생긴 백인 남학생'이 중심에 잡혀 있는 구도를 보면 그게 꼭 우연한 배치로만 느껴지지 않는 것이다. "시대가 다양성을 요구하니까 시도는 해볼게. 하지만 중심에 서는 것과 최고 미남미녀로 보이는 것만은 소수에게 내줄 수 없어"라는 식의 허울뿐인 다양성 홍보는 결국 반발심만 일으키게 마련이다. 소수자들이라고 해서 기만을 알지 못하는 천치는 아니니까.

그러나 그날 내가 마주한 란제리 모델 사진들에서는 체격, 인종, 연령을 통틀어 주류성이라곤 존재하지 않았다. 중심에 선 흑인 모델은 날씬하면서도 머리는 희끗희끗한 장년층이고, 왼쪽 올리브톤 피부의 모델은 젊은데 살집이 있는 체형이며, 중간 체격의 아시아계 모델은 대개 두 인종은 대립한다는 통념을 부수겠다는 듯 흑인 모델과 다정한 포즈를 취하고 있었다. 그 위에 배치된 단독 화보의 백인 모델은 미국의 성인 여성 평균 체형을 가진 이였다. 오른편에서 아름다운 은발을 자랑하는 장년층 여성의 뒷모습을 보면 그 역시 평범한 체형의 모델이라는 걸 알 수 있었다. 다섯 중 '젊고 깡마른 백인 여성'은 한 명도 없었다.

나는 이 사진들을 기획한 전담팀의 노력에 감탄했다. 이들은 기존의 고가 패션 촬영물에 들이는 명암, 색조, 보정의 기술과 노력을 다양성을 추구한 중저가 상품 화보에서도 똑같이 동원해 고급스러운 질감의 화보로 만들어냈다. 당연한 결과로 사진은 감각적인 매장 분위기에 녹아들듯 어우러졌고, 다양한 인종과 체형의 모델이 모두 '전문적으로' 아름다웠다.

넷플릭스의 투자를 받고 만든 드라마 〈오징어 게임〉이 초대박 히트를 기록한 것을 두고 다양한 분석과 의견이 쏟아져 나왔다. 취향에 따른 호불호도 있고, 여성 캐릭터를 남성 중심의 대상화와 무의식에서 벗어나지 못한 정서로 소비했다는 지적도 있었다. 어쨌든 〈오징어 게임〉이 불특정 다수의 세계인에게 어필한 건 사실이라, 이 창작물을 공전의 히트작으로 이끈 코드를 분석하려는 시도가 범람한 건 자연스러운 일이다.

사실 타인을 밟아야 성공하는 세상의 구조에 환멸과 죄책감을 느끼면서도 그 굴레를 벗어나지 못하는 인간의 욕망에 거울을 들이댄 창작물이 처음은 아니다. 그럼 〈오징어 게임〉은 왜 광풍이 되었을까. 자잘한 건 차치하고 굵직한 것만 꼽자면, 서사를 이끌어가는 게임의 규칙이 단순해서 이해하기 쉽다는 점, 이색적인 세트 구성으로 눈을 즐겁게 해준 점이 폭넓은 열광을 만들어내는 데 큰 역할을 했다고 본다.

탐미는 인간의 속성이다. 중저가 물건을 사러 간 곳에서도 감성과 취향을 대우받으면 우쭐해지는데, 미술품을 오마주해 연출한 영상미로 안목을 자극해주면 누군들 마다할까. 미술을 몰라도 기꺼이 미술관을 방문해 시각적 경이를 발견하고자 하는 게 우리네 인간 아닌가.

한편 인간은 내면의 찌질이를 숨기고 사는 존재이기도 하다. 중저가 매장 소비자가 됐든, 주눅 든 소수인종이 됐든, 나를 알아주지 않는 세상이 원망스럽고 미운 루저가 됐든, 탐미 본능을 충족시켜주고 안목을 우대해주면 이렇게 통쾌해하지 않겠는가.

“바로 이거야! 내가 찌그러져 있었을 뿐이지 취향이 없냐고, 어디…….”

변덕쟁이의 스튜

보스턴에서 살던 신혼 시절에는 요리 프로그램을 자주 봤다. 딱히 살림을 잘하고 싶어서라기보다 내가 TV를 볼 여유가 있는 시간대에 가장 볼 만했던 게 요리 프로그램이었기 때문이다. 당시 우리 부부가 살던 아파트 건물은 지은 지 100년도 넘은 것이어서 구식 난방으로 실내를 데우게 되어 있었다. 방 한 구석에는 주물 라디에이터가 있었고, 이어진 파이프를 통해 난방이 들어올 때면 드드드드드 치익 치이이익 하면서 엄청난 굉음이 났다. 그래도 그 소리가 들린 뒤에는 방 안이 훈훈해지기 때문에 별로 거슬리지는 않았다.

그즈음 즐겨 보던 프로그램이 요리, 인테리어, 가드닝을 망라한 살림의 여왕 마사 스튜어트가 진행하는 것이었는데, 방송 오프닝 음악이 나오는 때와 아파트 난방이 들어오는 시간대가 겹쳤다. 보스턴에 살던 시절을 떠올릴 때마다 라디에이터 소음과 때를 맞춰 시작하는 방송의 음악이 포개져 상상 속의 BGM으로 깔리는 연유다.

나의 회상 속 배경음 한가운데에는 특유의 눈웃음과 저음 억양의 주인공인 마사 스튜어트가 그날의 초대 요리사 둘과 비프 부르기뇽을 만드는 장면이 담겨 있다. 두 요리사가 각자의 방식대로 비프 부르기뇽 만드는 과정을 번갈아 보여줬는데, 고기는 어떤 부위를 쓸 것인지, 와인은 어떤 종류가 좋은지, 채소는 어떤 모양으로 썰어 어떤 시점에 빠뜨리는지를 갑론을박하는 식이었다. 둘 중 어느 쪽이 더 맛있는지는 먹어보지 않아 알 수 없다. 그보다 내 기억 속에 다시없이 강한 인상을 새겨놓은 비프 부르기뇽의 맛 한 가지가 있어서 지금도 겨울만 되면 보스턴 아파트의 난방 소음, 마사 스튜어트의 방송을 탄 비프 부르기뇽, 그리고 더 거슬러 내려간 과거의 어떤 상차림이 줄줄이 떠오르곤 한다.

유학생으로 파리에 살 때 한 일본인의 집에 저녁 초대를 받아 간 일이 있었다. 딱히 내가 손님으로 지목받은 것은 아니고, 친하게 지내던 일본인 친구가 나와 또 다른 친구를 달고 간 것이었다. 나 말고 다른 친구는 대만인이었으니, 손님 세 사람은 다 아시아계이면서도 일본인, 한국인, 대만인으로 국적이 제각각이었다. 우리를 초대한 사람은 일본인 친구의 아버지와 친한 분이었는데, 신문 기자로 평생을 일하다가 어느 날 홀로 파리로 와서 일 년을 계획해 거주하고 있다고 했다. 정년퇴직을 한 것인지 장기 휴가를 받아서 와 있었던 것인지, 그것까지는 기억나지 않는다. 어쨌든 그 아저씨가 일본인 친구에게 말하길, 혼자서 몇 달간 지냈더니 적적하다며 친구들을 두엇쯤 데리고 놀러 오라고 했다는 것이었다. 일본인 친구가 그곳에 가자고 제안했을 때, 별로 재미있을 거라고 기대하진 않았다. 그러나 저녁 한 끼 해결할 건수가 생긴 게 나쁘지는 않아 대만인 친구와 나는 흔쾌히 따라나섰다.

그 아저씨가 사는 아파트는 낡은 건물의 꼭대기 층, 지붕 바로 아래 위치한 작은 공간이었다. 삐걱거리는 나선형 계단을 굽이굽이 올라서 5층에 다다랐을 땐 우리 셋 다 숨을 헐떡거릴 수밖에 없었다. 벨을 누르자 머리카락이 희끗희끗한 초로의 사내가 나와 우리를 맞이했다. 안으로 들어가 훑어보니 그가 파리에서 한 일이라고는 그림을 그린 것밖에 없다는 걸 알 수 있었다. 파리의 풍경 곳곳을 담은 캔버스와 화구들이 사방에 널려 있었다. 그나마 손님이 온다고 대충 치워놓은 좁은 거실 가운데에 덩그러니 놓인 원형 테이블과 서로 짝이 안 맞는 의자 몇 개가 눈에 보이는 가구의 전부였다.

아버지뻘 연령대인, 그것도 초면의 어른과 함께하는 자리가 편하지는 않았다. 당시 불어에 익숙했던 우리와 영어로 말해야 했던 그 아저씨와의 언어적 한계 때문이었는지도 모르겠다. 대만인 친구와 나는 적당한 추임새로 맞장구나 치고 주된 대화는 일본인 친구와 아저씨 사이에서 오갈 수밖에 없었다. 음료를 마시면서 이야기를 나누던 중, 아저씨가 저녁을 가져오겠다며 일어섰다. 그는 주방이 좁아 도울 것도 없다며, 접시라도 나르려고 주춤주춤 몸을 일으키는 우리를 손짓으로 주저앉혔다.

잠시 뒤, 미리 준비되어서 데우기만 하면 되었던 음식이 접시에 담겨 식탁으로 왔는데, 그게 바로 비프 부르기뇽이었다. 상차림은 간소했다. 가운데 놓인 빵 바구니, 비프 부르기뇽, 그리고 와인. 평생을 어머니나 아내가 해준 밥을 먹고 살았을 장년의 일본 남자가 만든 프랑스 요리가 딱히 맛있을 리는 없었지만, 우리는 이십 대였고, 배가 고팠고, 무엇보다 남이 해주는 음식이라면 돌이라도 씹어 먹을 가난한 유학생들이었다. 우리는 아버지 친구, 또는 친구의 아버지의 친구뻘인 그를 어려워하면서도 부지런히 바게트를 뜯어 먹고, 고기를 씹고, 와인을 마셨다.

음식을 먹다가 문득 궁금해진 나는, 어떻게 가족을 다 놔두고 일 년이나 파리에서 혼자 보낼 생각을 했느냐고 물었다. 아저씨는 손에 들었던 빵조각을 접시에 흥건한 비프 부르기뇽 국물에 찍어 입에 넣은 다음 와인 한 모금을 곁들여 삼켰다. 그리고 이야기를 시작했다. 글 쓰는 직업에 종사한 사람이 고심해 고른 어휘의 조합으로 연결된 영어 문장이 소리가 되어 더듬더듬, 그러나 차분하게 흘러나왔다.

"팔 년 전의 일인데…… 아들이 죽었습니다. 당시 스물한 살이었지요."

아저씨의 하나밖에 없는 자식을 죽게 만든 건 사고였고, 누구에게나 벌어질 수 있는 일이기도 했다. 가족과 관련한 질문을 받았으니 대답할 수밖에 없었을 테지만 손님을 부른 식사 자리에서 돌발적으로 시작하기에 적당한 이야기는 아니었다. 음식과 와인 잔 사이를 오가던 손들이 멈칫했고 식탁 위로는 돌연 긴장감이 감돌았다. 우리 셋 모두 당황했으나 갑자기 정색하며 식기를 내려놓을 수도 없었다. 진땀을 빼며 음식을 먹는 둥 마는 둥 하는 우리들의 여백 사이로, 아들의 죽음 이후에도 변함없이 이어나가야만 했던 그의 일, 일상, 그리고 삶이 어눌한 언어가 되어 천천히 유영했다. 아저씨의 말소리, 간간이 들리는 와인 넘기는 소리, 음식 오물거리는 소리 사이사이에 끼인 정적의 밀도가 팽팽하게 느껴지리만큼 긴장되는 시간이었다.

식탁에다가만 눈을 꽂고 있던 나는 접시가 거의 비어갈 때쯤에야 겨우 아저씨 쪽으로 시선의 각도를 바꿀 수 있었는데, 그때 나는 그가 우리를 향해 말하는 게 아니라는 걸 깨달았다. 아저씨의 시선이 향한 곳은 우리 중 누구도, 방 안의 어느 한 지점도 아니었다. 공간을 떠난 동공을 눈에 담은 채, 느린 속도로 말을 고르며, 그는 자신의 내면과 만나고 있었다. 나는 막연히 짐작만 해볼 뿐이었다. 하나밖에 없는 자식을 잃었다니 정말 고통스러웠겠구나, 하고.

나를 닮은 분신을 둘이나 둔 지금에 와서야, 탄생의 순간부터 세상에 대한 공포와 삶에 맞짱 뜰 배짱을 동시에 안겨준 존재들로 인해, 나는 그 아저씨가 낯설고 말 설은 타인들 앞에서 꺼내놓았던 탄식의 형체를 가늠한다. 상처가 곪고 있어도 가까스로 덮어 가리고 이어나가야만 했던 팔 년이라는 시간, 이목을 벗어나 아무도 모르는 곳에서 붓질을 통해 정제하던 그의 슬픔, 그리고 그리움을. 아마도 그는, 그를 아는 사람이 없는 도시에 와서야 허물어졌을 터였다. 자신이 속한 사회에서 입고 있던, 비통함을 내비칠 수 없게 만들었던 일상의 갑옷을 벗어 버릴 수 있었던 곳에 와서야. 비프 부르기뇽을 대할 때마다 나는 그날의 독백과 식사 중에 감돌던 비애를 떠올리지 않을 수 없다. 비프 부르기뇽은 그렇게 나에게 슬픔의 맛으로 남았다.

이 음식에 얽힌 무거운 기억 때문만은 아니지만, 내게는 비프 부르기뇽보다 더 맛나게 느껴지는 나만의 스튜가 있다. 서양식 스튜를 먹을 때마다 딱히 감흥을 느낀 적이 없어서 내 멋대로 개발한 메뉴라고나 할까. 딱히 요리법이랄 게 없는 투박한 음식이라서 소개하기도 민망하지만, 우리 식구들은 이 스튜를 상에 올리면 밥 한 공기를 곁들여 맛있게 먹고도 접시에 남은 국물이 아쉬워 찍어 먹을 빵을 찾는다. 복잡한 과정이 없어 쉽게 만들 수 있고, 미리 해놓은 다음 먹을 때 데우기만 하면 되니 식사 직전에 바쁘지 않아서도 좋다.

기본 재료는 와인 한 병, 양파, 마늘, 스튜용 소고기나 닭고기, 이탈리안 시즈닝 가루, 생크림, 토마토소스, 소고기 스톡 몇 조각이면 된다. 소금도 조금. 먼저 고기를 집어 먹기 좋은 크기로 잘라놓은 다음 양파, 마늘, 와인을 블렌더에 간다. 와인은 한 병 다 써도 좋지만 한 잔이나 두 잔 정도는 식사 중 마시기 위해 남겨두어도 좋다. 내 경우는 요리하면서 홀짝홀짝 마시기도 한다. 달군 냄비에 기름을 둘러 썰어놓은 고기를 노릇

노릇해질 때까지 익힌 다음 블렌더에 간 내용물을 넣고 이탈리안 시즈닝 가루를 넉넉히 뿌린 뒤 소고기 스톡 두어 조각을 빠뜨리고 불에 올린다. 국물이 부족하다 싶으면 와인을 보충해가며 고기가 자작하게 잠기도록.

한참 끓여서 고기가 먹기 좋은 정도로 연하게 익으면 졸아든 국물에 토마토소스를 붓고 더 끓인다. 이때 당근이나 샐러리 등 원하는 채소를 넣고 익히면서 소금으로 간을 맞추고 국물이 취향에 맞을 만큼 되직해지면 불에서 내린다. 마지막으로 요리용 생크림을 적당량 추가해 토마토소스의 신맛을 잡아주면 완성이다.

내 식대로의 스튜를 한 냄비 만들어놓으면 마음이 든든하다. 고슬고슬하고 따끈한 밥은 물론이고, 파스타 위에 얹어도, 으깬 감자와 함께 먹어도 별미다. 끓고 있는 스튜의 냄새가 냄비를 빠져나와 집 안에 넘실거리면 배고프다는 말을 입에 달고 사는 아들들이 부엌에 와 얼쩡거린다.

"오늘 저녁은 뭐야?"

"스튜."

환호를 지르며 식탁으로 모여드는 식구들 덕에 나는 나에게 꽤 쓸 만한 주부라고 스스로 점수를 주고 우쭐거린다. 스산한 날씨를 따라 하강했던 마음의 수은주가 금세 치솟는다. 이국

땅에 뿌리를 박고, 낯선 식재료를 동원해 식구들의 배를 부르게 해줘야 하는 고충은 내가 해준 음식이라면 덮어놓고 좋아하는 이들의 식욕으로 보상받는다. 그래서 나는 변덕쟁이다. 성큼 다가온 무채색 계절의 징후에, 존재의 남루함에, 끝없는 삶의 허무에 휘둘리던 호흡에서 무게를 거두어내고 달관한 모성의 미소를 연출하는 변덕쟁이. 짐짓 초연한 척, 김을 올리는 스튜를 한 스푼 떠올리고 후후 분 다음 입에 넣는다. 계절을 앓느라 건초가 된 마음에 온기가 퍼진다.

별을 따낸 예술가

노란 줄무늬의 파라솔이 불규칙적으로 늘어선 해변 그림 앞에서 나는 마우스 클릭을 멈추고 한참을 들여다보았다. 작가의 그림이 모두 좋았지만, 특히 바닷가 그림이 마음에 들었다. 그림을 보고 있는 이를 그대로 발랄한 햇빛이 비치는 현장으로 데려다놓는 듯했다. 그때가 겨울이 지긋지긋해지는 2월이라서 유독 더 그랬는지도 모르겠다. 다시 붓을 들어야겠다고 생각하며 근방의 화실을 알아보다가 지역 미술가인 새라를 찾아내게 된 경위였다. 언젠가부터 나는 평온한 분위기에서 작업에 집중

하던 예술학교 시절을 그리워하고 있었는데, 그 파라솔 그림에 반해 새라가 지도하는 화실에 다니기 시작하면서 향수를 해소할 수 있었다.

요즘 내가 그리는 건 직접 찍은 사진을 재현하는 회화인데, 대학에 들어가고 난 이후 상업미술 분야의 감각을 익히는 것에 공력을 쏟은 터라 오랜만에 되살리는 회화의 묘미에 다시 빠져들고 있다. 묘사를 통해 빚어나가는 구상화와 우연과 감각의 하모니로 빚어지는 추상화는 각기 다른 매력을 가지고 있지만 요즘은 직관적이고 마음을 내려놓게 하는 구상화에 더 눈이 가는 것 같다. 목표 의식 탓에 초조하게 작업하던 청춘기에는 갖지 못했던 취향과 여유일 것이다. 이십 대란 본디 자기 자리를 맡으려고 분투하면서 우왕좌왕하기 마련이고, 더욱이 예술계는 안정 궤도로 들어서는 문턱이 다른 분야보다 더 멀고 희미해서 허공에서 페달을 밟는 기분이 들기 쉽다. 스포트라이트를 받아야 하는 게 예술가의 숙명인데, 스포트라이트는 말 그대로 일부의 '스포트'에만 비출 뿐이니 말이다.

그렇게 귀한 스포트라이트가 2022년의 미술계에서는 드물게도 일부 젊은 여성 화가들에게 쏠렸다. 뉴욕의 미술평론가 킴 헤어스톤은 미술품 경매 업체인 필립스와 한 인터뷰에서, 갑자기 이십 대와 삼십 대 여성 화가들의 작품가가 치솟고 있어 모두가 어리둥절해하고 있다며 그 사례에 해당하는 몇몇 화가 이름을 언급했다. 급작스럽게 스타로 등극한 플로라 유크노빅이 대표적인 경우인데, 유크노빅이 2017년에 그린 〈나도 좀 과하긴 하지(Moi aussi je déborde)〉가 최근 런던에서 열린 필립스의 경매 행사를 통해 예상 견적가의 일곱 배에 달하는 210만 달러에 팔려서 많은 이들을 놀라게 했다는 것이다.

유크노빅은 로코코 양식의 고전 명화를 과감한 붓질로 재해석한 화풍을 구축한 작가다. 우스갯소리로, 물감이 마르기도 전에 작품이 팔려나간다는 성취를 삼십 대 초반에 이루었으니 가히 신화적 성공이라고 해도 무리는 아닐 것이다. 아무리 성공한 작가라도 작품가를 100만 달러 이상으로 올리기까지 수십 년이 걸리는 경우가 태반이니 말이다. 미술품 투자 열풍 속에서 뜨는 궤도에 올라타면 나노 단위의 시간 격차로 작품가가 뛰어오르는 때라니, 이 시대의 수혜를 입은 화가들은 벼락 스타 연예인 못지않게 부와 명성을 누리는 셈이다.

유크노빅이 런던의 신화라면 뉴욕의 신화로는 안나 웨이언트가 있다. 보티첼리나 앵그르의 그림을 떠올리게 하는 고전 화풍에 그로테스크한 분위기로 동시대의 주제 의식을 접목하는 웨이언트의 작품은 작가의 눈부신 미모까지 시너지 효과를 발휘해 이미 스타성을 갖춘 경우라고 볼 수 있다. 그런데 공교

롭게도 그리고 흥미롭게도, 이 아름다운 이십 대 여성 화가가 거물급 미술계 딜러인 70대 남성 래리 가고시언과 연인 관계가 되어 본격적으로 집중 조명을 받은 것이다.

2022년 크리스티 경매에 데뷔한 웨이언트의 인물화 〈서머타임(Summertime)〉은 예상 견적가의 다섯 배인 150만 달러에 거래됐다. 2020년 한 컬렉터에게 1만 2천 달러에 팔렸던 그림이 불과 이 년 만에 125배로 뛰어오른 것이다. 삼 년 전인 2019년, 웨이언트는 뉴욕의 햄튼 바닷가에서 400달러에 그림을 팔던 작가였다. 일 년 후인 2020년, 웨이언트는 한 작품을 1만 2천 달러에 팔 수 있었고, 다음 해인 2021년에는 그녀의 다른 작품들까지도 5만 달러에 달하는 가격대로 거래되고 있었다. 〈월스트리트저널〉에 따르면, 안나 웨이언트가 래리 가고시언과 연인 관계가 되어 타블로이드에 오르내리기 시작한 것이 바로 그 즈음인데, 그로부터 일 년 후인 2022년에 웨이언트의 〈서머타임〉이 크리스티 경매에 다시 나와 150만 달러에 팔린 것이다.

플로라 유크노빅도 안나 웨이언트도 대부분의 예술가는 상상도 할 수 없을 만큼 순식간에 뛰어오른 초특급 럭키 스타다. 현존하는 아티스트들이 가장 진출하고 싶어 한다는 갤러리의 대표 래리 가고시안을 연인으로 둔 안나 웨이언트의 경우는, 작품도 눈에 띄지만 뉴욕 화랑가의 거물급 인사와의 염문 이후

순식간에 작품가가 천정부지로 치솟은 것도 사실이기에 여타 작가들에게 박탈감을 안겨주고 있다고 한다. 이를 보면 미술품의 가치와 가격에 관한 이모저모를 생각하지 않을 수 없다.

젊은 시절 나는 창작자 내지는 창작자가 되기를 지향하는 이들로 둘러싸인 울타리 안에 있었다. 응용미술 쪽이었지만 순수미술 분야의 친구들도 많았는데, 그 친구들이 하던 고민의 귀착점은 늘 자신만의 시그니처 화풍을 찾아내는 것이었다. 작가의 정체성이 될 주제나 화풍을 포착하고, 그것이 그 세계에서 눈길을 끌고, 운까지 따라 상업화에 성공하면 유명세와 경제적 안정을 얻게 되니, 고민의 시작과 끝이 상업화 코드 찾기라고 봐도 무리는 아니었다.

유크노빅이나 웨이언트처럼 초고속 스타가 되는 것이야 기적에 가까운 판타지지만, 한 작가의 화풍이 컬렉터나 대중의 눈에 조금이라도 익숙해지는 지점까지 다다르는 것도 쉽지 않다. 반면에 시그니처 주제나 화풍을 굳힌 작가가 상업적 성공을 이루고 나면 또 다른 벽과 만나게도 되는데, 누구나 알아보는 스타일만 반복해서 그리는 자기 복제에 빠져들기 쉽다는 점이다. 쉽게 말해, 시그니처를 그려야만 잘 팔리니까 작가 스스로가 다른 걸 그리고 싶어도 그릴 수 없는 굴레에 갇히는 것이다. 이는 본질적으로 새로움을 추구하고 진보할 때 유의미해지는 창작자의 자아에 반하는 행보이고, 상업적 성공이 주는 경제적 안정에 예술가의 영혼이 더 나아가지 못하고 주저앉는 형국이다.

그런가 하면 다른 분야에서 얻은 유명세로 단기간에 미술계의 스타로 등극하는 이들의 사례는 어떠한가. 이들의 손쉬운 성공이 오랫동안 그림을 그려온 작가들의 사기를 꺾어놓는 광경도 자못 씁쓸하다. 이는 모두 미술품이 유명세를 기반으로 한 투자 상품이 될 때 빚어지는 부조리로, 결과적으로 미술 시장을 얄팍한 게임판으로 만드는 요인이기도 하다. 미술품을 자본 시장의 투자 상품 개념으로만 접근할 때 결국 그 각개는 미술품 시장의 게임판 만들기에 공조하는 셈이 된다.

어릴 때의 취미 중 하나는 방에 틀어박혀 화집을 들여다보는 것이었다. 고대미술과 근대미술을 아울러, 한 화가의 화풍 전체가 흐름으로 익혀지는 경우가 있는가 하면, 작품 하나가 유독 강렬하게 각인될 때가 있었다. 또 어떤 때는 인상적인 작품 하나가 같은 화가의 다른 작품들까지 동일한 정서로 이어주어 애정의 면적을 넓히도록 유도하기도 했다. 미국의 근대 작가를 예로 들자면 조지아 오키프와 에드워드 호퍼가 한 점의 그림으로 나를 낚은 경우다. 나는 〈파랑과 초록의 음악〉이라는 그림에 끌려 들어가 오키프 특유의 환상적인 색채감에 탄복했고, 〈아침의 태양〉이라는 호퍼의 그림에 숨이 멎을 만큼 공감하고는 그의 다른 그림들을 찾아다녔다.

2022년 10월 19일, 뉴욕의 휘트니 미술관은 '에드워드 호퍼의 뉴욕'이라는 테마로 기획전을 열었다. 다분히 미국적이자, 실제로도 미국 근대미술의 상징적 대표 화가 중 하나이기도 한 호퍼는 20세기 초중반 급변하는 온갖 예술 사조가 미술계를 들었다 놨다 하는 와중에도 흔들림 없이 자기만의 사실주의를 구현해냈다. 호퍼의 거의 모든 작품에 표현된 빛을 다루는 방식과 고요한 서사는 지역과 시대를 막론하고 인간의 보편적 정서에 울림을 준다.

호퍼의 그림에는 예외 없이 어떤 식으로든 고독이 고여 있다. 호퍼식의 단절은 그림 속 인물들의 표정과 자세와 간격으로, 사물이 반사하거나 흡수하는 빛과 어둠으로, 정적으로 입힌 색조와 차분한 붓의 흔적으로 관객의 정서를 압도한다. 내밀한 사적 공간에서, 노출된 일터에서, 무언가를 먹거나 마시는 상업 공간에서조차 내면의 고립과 태평하게 공존하는 인물들을 보고 있노라면 마음속으로 아릿함이 퍼져나가기도 한다. 동시에 개인의 어깨에 실린 허무의 무게를 그림 속 인물들이 함께 받쳐주고 있는 것 같은 위무 또한 체험하게 된다.

문득 상상해본다. 언젠가 어떤 시점에, 푸릇한 신인 화가가 호퍼의 그림에 깔린 특유의 음영 대비와 나직한 외로움 같은 것을 바닥에 놓고 차용한 화풍을 무기로 화랑가를 들썩이게 하면 어떤 기분이 들까. 호퍼의 세심한 붓질과 차분한 풍경에 과감하거나 변칙적인 붓질이 덧대어져 천문학적인 숫자를 기록하는 경매장의 스타로서 미술계를 뒤집어놓는다면 말이다. 원작품에 담긴 심혈이 오마주로 코드화될 때, 원작 뒤에 서 있는 정령은 기쁠까 난처할까. 백번을 질문해봐도 답을 얻을 순 없다. 죽은 이는 말이 없으니까.

진화하는 데이트

페이스북을 들여다보던 남편이 불러서 가보니 제이크의 가족 사진이 모니터를 채우고 있었다. 새로 태어난 아기 소식을 전하는 포스팅이었다. 제이크는 남편의 직장 동료였다가 이직해 현재는 다른 회사에 다니는데, 가끔 이렇게 SNS를 통해 서로의 근황을 확인하곤 한다. 올라온 사진 중 하나는 제이크와 아기가 나란히 얼굴을 맞대고 있는 것인데, 아기가 어찌나 제이크를 쏙 빼닮았는지 보는 순간 웃음이 나왔다.

혈연이 기반이 되어 세대를 넘나드는 관계망 속에서 살게 마련인 고국에서의 삶과는 달리, 이민 생활은 핵가족으로만 뚝 떨어져 사는 환경인 경우가 많아서 알고 지내는 사람들 대부분이 비슷한 세대다. 주변 사람들과 앞서거니 뒤서거니 앞자리 숫자를 갈아치우며 나이를 먹게 마련이고, 따라서 아기 출생 소식을 듣는 건 근래에 아주 드문 일일 수밖에 없다. 가끔 이렇게 재혼한 커플을 통해서야 신생아의 모습을 볼 수 있는데, 제이크가 재혼으로 새 출발을 한 지도 벌써 칠팔 년은 되었으니 아기 갖기를 꽤 오래 보류해온 모양이었다.

제이크의 페이스북 피드에는 아기 옆에서 활짝 웃고 있는 남매 사진도 있었다. 남매는 제이크와 전처 사이에 난 아이들이고, 내가 그 아이들을 마지막으로 본 건 제이크가 현재의 아내와 결혼하던 날이었다. 당시 꼬마였던 남매는 이제 훌쩍 자라 새로 태어난 아기의 삼촌이나 이모로 보일 만큼 성숙한 청소년이 되어 있었다.

오래전의 그 결혼식 날은 쌀쌀하긴 해도 볕이 좋아 화창했다. 큰 행사가 많지 않은 적적한 일상을 보내던 중 모처럼 차려입을 일이 생겨 신이 난 나는 공을 들여 메이크업하고, 원피스도 입고, 하이힐에 반짝거리는 클러치까지 갖춰 집을 나섰다. 청바지 차림으로 직장에 다니는 남편도 오랜만에 양복을 입고 넥타이를 맸는데, 그러고 차에 타 출발하려니 누가 먼저랄 것

없이 웃음이 나왔다. 나는 나대로 남편은 남편대로, 한껏 광을 내고 들뜬 게 멋쩍고 우스웠던 거였다.

결혼식 장소인 채플은 고속도로에서 국도로 빠지고 나서도 꽤 가야 했다. 중간중간 작은 마을 몇 군데를 거치면서, 농장을 지나고, 굽이굽이 이어진 숲길을 따라 깊숙이 들어간 후에야 목적지가 나타났다. 일일이 설명하니 복잡하지만 사실 우리 집에서 차로 한 시간만 가면 되는 곳이었다.

목적지에 도착해 둘러보니 결혼식 장소가 있는 마을은 한마디로, 'Middle of nowhere'였다. 아무 데도 아닌 곳. 우리식대로 표현하자면 그야말로 벽촌인 동네였다. 얼핏 보기로 스코틀랜드의 시골 마을 같기도 했다. 신부의 고향에서 식을 올리는 것이 미국인들의 관습이니 제이크의 그녀가 이 마을 출신이지 싶었다. 제이크는 이 일대에 연고가 있는 토박이도 아니고, 더구나 미국도 아닌 캐나다의 대도시 출신 이민자다. 그런 제이크가 당시의 직장 및 거주지와는 전혀 연결고리가 없는 동네 사람과 인연이 닿은 게 신기했다.

제이크는 전처와 헤어지고 나서 삼 년 만에 재혼했다. 나는 제이크가 첫 번째 아내와 갈라설 때 좀 많이 놀랐는데, 이혼이야 드문 일이 아니긴 해도 그들 부부가 헤어지게 된 계기와 과정이 좀 생소했기 때문이다. 한창 손 많이 가는 연령대의 아이

둘을 둔 젊은 엄마가 자발적으로 온라인 데이트 사이트를 통해 남자를 만나고 남편에게 이혼을 종용했다는 게 믿기지 않았다. 제이크의 아내는 아이들과 부지런하게 놀아주는 모범 엄마였으니까. 게다가 제이크는 유순한 성품에 외모도 호감형이고, 고학력자로서 안정적인 직업을 가진 남편 아닌가. 주변 사람들은 제이크 가족의 단란한 때를 기억하고 있었고, 부부 사이의 일은 아무도 모른다지만 헤어질 이유가 전혀 없어 보이는 커플이었기에 다들 어리둥절할 수밖에 없었다.

제이크도 어지간히 충격을 받았던지 한동안 넋이 나가 있었는데 결국에는 이혼을 해줬다. 제이크의 전처는 새로 사귄 남자와 함께 살 임대 아파트를 구해 나갔고, 아이들은 이혼 사유에 책임이 없고 고정 수입이 보장된 아빠와 지내는 것으로 결론이 났다. 주말은 엄마와 엄마의 새 애인이 사는 아파트로 가서 보내기로 합의를 봤다는 것까지가 제이크의 이혼과 관련해 내가 들은 마지막 소식이었다.

그로부터 이 년쯤 지나고 나서 제이크에게도 새 여자 친구가 생겼다는 소식이 들려왔다. SNS에 올린 사진들을 보니 아이들과 여자 친구를 대동해 피크닉도 가고, 볼링도 하고, 마당에서 파티도 여는 등 즐겁게 지내는 듯 보였다. 이혼 후 한동안 납빛을 띠고 다니던 얼굴색도 본래대로 돌아온 것 같았다. 그런데 제이크가 새 반려자를 어떻게 만났는지가 반전이었다. 제이크 역시 전처가 새 애인을 찾아낸 그 온라인 데이트 사이트를 통해 여자 친구를 찾았다는 거였다. 자신의 평온한 생활을 무너뜨린 원인 제공소라고 볼 법도 해서 학을 떼는 게 맞지 않나 싶지만, 한편으로는 이해도 됐다.

인간과 인간 사이의 간격이 넓은 미국 소도시 교외의 삶이란 게 그렇다. 퇴근 후 고적한 주택지로 귀가해 아이들을 돌보다가 혼자 잠자리에 드는 반복적인 일상. 여유는 있으되 활기는 없는 곳에서 외로움을 견뎌냈을 제이크의 생활을 연상해보니 짠할 수밖에 없었다. 오랜 친구들과 가족들은 고향인 캐나다의 한 도시에 모여 있고, 연고가 없는 미국의 소도시로 취업해 와 살게 된 제이크가 새 인연을 만난다는 건 쉬운 일이 아니었을 것이다.

고향을 타국에 둔 이민자가 아니더라도, 거대한 면적의 땅덩어리를 가진 미국에서는 진학이나 취업을 이유로 고향을 떠나게 된 뒤 향수에 시달리거나 익숙지 않은 지역 정서에 당황하는 사람들이 많다. 특히 동쪽 끝에서 서쪽 끝으로, 혹은 남쪽 끝에서 북쪽 끝으로 이주한 경우라면 비행 이동 시간만 해도 다섯 시간인 데다 시차도 있다. 같은 나라지만 외국에 사는 것과 다를 바 없다.

미국의 온라인 데이트 사이트는 이런 풍토에서 활성화되고 있었다. 회원이 입력한 정보와 원하는 조건을 토대로, 인종, 나이, 학력, 직업, 만남이 가능한 이동 거리까지 고려해 후보들을 추천해준다. 가입 회원이 되면 추천 인물로 뜨는 사람들을 본인이 직접 골라내 돌아가며 샘플 데이트를 해볼 수 있다. 같은 온라인 사이트를 통해, 제이크의 전처는 남편보다 더 잘 맞는다고 생각되는 남자를 만나고, 제이크도 새 반려자를 찾게 된 지 벌써 십 년 가까이 되었다.

그런데 최근에 요즘 대학생들의 새로운 데이트 풍속도를 전해 듣게 되었다. 그사이 온라인 데이트 사이트는 진화와 다양화라는 과정을 거쳐 종류가 늘어났고, 근래에는 틴더라는 앱이 가장 대세인 모양이었다. 큰아이가 대학에 들어가자마자 어울리게 된 무리 중 한 친구가 벌써 여러 번 데이트 상대를 바꿨다기에 지나가는 말로 농담을 던졌다. 그 친구는 어쩜 그렇게 그쪽 분야로 재능이 뛰어난 거냐고. 그랬더니 아들의 대답이 걸작이었다.

“가볍게 만나기로만 들면 재능 같은 건 필요 없어요. 틴더 들어가서 서로 원하는 조건 맞춰서 만나 하룻밤 같이 보내고, 그러다가 사귀기도 하고 그러는데요 뭘. 틴더에 같은 학교 다니는 애들도 있으니까요.”

틴더라는 명칭이 익숙해지기 무섭게 넷플릭스에서 관련 다큐멘터리를 보게 되었는데, 알고 보니 틴더는 미국을 넘어 세계 각지의 사용자가 모여드는 데이트앱이었다. 그러다 보니 사용자들 간의 물리적 거리를 악용해 국제 사기를 치는 이들의 활동 무대가 되기도 해서 관련 범죄 사례를 다룬 자료 영상까지 나온 것이다. 그 정도로 틴더의 파급력은 크다. 다큐멘터리에서는 결과를 알고 보는 시청자로선 답답해 보이지만 따지고 들면 평범한 축에 들기도 하는 속물성 때문에 마음이 엮여 금전적 갈취를 당했던 사람들이 자기 경험을 털어놓으며 데이트앱 사기의 패턴을 알린다. 흥미로운 것은, 틴더에서 만난 사기꾼에게 뒨통 당한 사람이 마지막에 웃으며 한 말이었다. 사기 사건은 사기꾼의 문제지 틴더의 문제는 아니니 틴더 사용을 중지할 일은 아니라는 것. 사랑을 찾기 위한 여정은 지속되어야 하니까.

내가 이십 대였던 90년대에는 〈접속〉이라는 한국 영화로, 〈유브 갓 메일〉이라는 미국 영화로 랜선 연애가 다뤄졌다. 〈접속〉은 서울을, 〈유브 갓 메일〉은 뉴욕을 배경으로 온라인 소통을 이어가는 남녀의 모습을 그려냈는데, 키보드로 대화하는 상대가 실은 오가다 스치거나 심지어 말도 나눠본 사람이라는 공통된 설정이 있었다.

온라인과 오프라인의 인연이 겹치는 작위성을 제거한다 치더라도 미지의 상대와 교류하는 것에는 낭만적인 구석이 있다. 관계에서도 포장을 풀기 전의 설렘이 더 크게 마련이니까. 반면 요즘의 데이트앱은 노골적으로 공개된 정보를 바탕으로 맞춤 서비스를 제공한다. 실속 있게 서로를 찾아내도록 많은 내용을 동원해 도와주는 것이다. 정보의 꼬리표가 붙은 사진들을 손가락으로 휙휙 넘기다 마음에 드는 상대 앞에서 정지하면 되니 얼마나 간편한가.

조건은 고사하고 얼굴도 모르는 채 글자 너머의 대상을 향해 설렘을 키워가는 랜선 연애는 유물이 된 지 오래다. 하지만 모르고 하는 과거의 랜선 연애도, 알고 하는 현재의 랜선 연애도 만나기 전까지 상대를 파악하기 어렵다는 점에서는 마찬가지 아닐까. 데이트앱 사기 같은 극단적인 경우가 아니더라도 온전한 진짜 겉모습이나 실제 행실은 '현피'를 떠야만 확인되는 것이니.

그날 제이크는 결혼식장 앞에서 밝은 얼굴로 서 있다가 우리를 맞았다. 소박한 결혼식이라 신랑이 직접 안내해준 자리에 앉아 행사가 시작하길 기다리고 있는데, 아빠의 결혼식을 위해 차려입은 꼬맹이 남매가 하객들 사이를 팔랑거리며 돌아다녔다. 시간 여유가 있었는지 식장 앞에 서 있던 제이크가 하객들

쪽으로 와서 잡담을 나누기도 했다. 나와 남편은 남편의 직장 동료 무리와 함께 모여 앉아 있었는데, 그중 한 사람인 스테파니가 제이크를 향해 직구를 던졌다.

"애들은 어때? 결혼식에 대해서 말이야."

나는 깜짝 놀라 제이크 쪽으로 눈을 돌렸다. 스테파니의 직설적인 질문에 흠칫했지만 내심 궁금하게 생각했던 것도 사실이다.

"뭐, 파티쯤으로 생각하는 것 같아. 자기 드레스가 마음에 든다나?"

제이크가 주변에서 왔다 갔다 하는 딸을 흘끗 쳐다본 뒤 어깨를 으쓱해 보였다. 제이크의 딸은 신부 측 들러리들과 같은 드레스를 맞춰 입고 있었다.

식이 시작되고, 남녀 들러리들이 차례로 입장했다. 입장의 하이라이트는 단연 신부여야 마땅하겠지만, 무례하게도 나는 들러리 그룹에 끼어 있는 제이크의 딸에게 더 눈이 갔다. 하얀 드레스를 입은 신부는 물론 아름다웠으나, 언젠가 크리스마스 파티에서 만났을 때 직접 그린 나비 그림을 자랑하던 다섯 살 꼬마가 어느새 아빠의 결혼식에서 들러리 드레스를 입고 있는 모습에 자꾸 신경이 쓰였다.

결혼식은 별다를 게 없었다. 어느 결혼식이나 그렇듯 조금은 엄숙하고, 일면 감동적이기도 한 행사. 피로연으로 자리를 옮기고서야 분위기가 달아올랐다. 음식이 있고, 술이 있고, 음악이 있으니 모두가 흥에 젖어들었다.

제이크의 아이들도 피로연 댄스플로어에 올라가 춤을 췄다. 무대는 축제인 만큼 모두가 신나 보였다. 어떤 인생이든 늘 축제일 수만은 없다는 걸 알기에 제이크가 새로 이룬 가정에서 아이들이 평안하기를 바라는 마음이 들면서 좀 짠했다. 분명 오지랖이고, 신부보다 전처와 아이들을 먼저 알고 있었다는 이유로 아이들을 위한 기원이 앞선다는 게 내심 신부에겐 좀 미안했다. 그러나 그때의 나는 한 여자로서의 나보다 아이들을 키우는 엄마로서의 정체성에 더 고착되어 있었기에 어쩔 수가 없었다.

어느덧 박자가 느린 음악이 나오기 시작했고, 댄스플로어에는 천천히 스텝을 밟으며 커플 댄스를 하는 사람들만이 남았다. 신랑 신부는 그 중심에 있었다. 조명이 둘에게로 떨어질 때 제이크의 얼굴을 보니 더없이 따뜻한 눈길로 신부를 응시하고 있었다. 전처가 떠난 뒤 황폐하고 상처받은 눈빛을 하고 있던 제이크는 사라지고 없었다. 두 아이를 키우는 엄마로서 복잡한 마음이 들면서 동시에 제이크의 눈빛에 온기와 생기를 되살려 앉힌 신부가 환하고 아름다워 보였다. 사랑이란 대체 뭘까 싶어서 속절없이 뭉클하고 짠한 마음이었다.

아날로그 시대든, 피시통신 시대든, 데이트앱 시대든 변하지 않는 건 있다. 사랑은 기쁨과 슬픔, 고통과 안락을 각오하고 자신을 던지는 일이라는 것. 그리고 어느 시점에 가서는 기적처럼 아름다운 존재를 빚어내기도 한다는 것. 페이스북 속 아기 사진을 둘러싼 제이크네 가족의 미소에는 경계가 없었다. 과거와 현재의 경계도 온라인과 오프라인의 경계도 없이, 새로 태어난 작은 존재 앞에서 그저 다섯 사람 모두가 잔뜩 신이 나 보였다.

파이 굽는 사람들

다이앤이 해주는 커트는 항상 마음에 든다. 아무리 솜씨 좋은 미용사라도 머리를 맡길 때마다 조금씩은 결과물에 편차가 있거나 가끔 실수도 하는데, 다이앤은 예외다. 다이앤은 별로 큰 돈이 벌리지 않는 커트 손님의 요구도 꼼꼼하게 집중해 들으며 충분한 시간을 들여 상의한 뒤에야 가위를 잡는다. 일평생 같은 일을 하며 나이를 먹은 장년의 내공에, 직업 기술이 익숙함을 초월해 온몸의 감각 기관에 프로그래밍이 되어 포개진 예라고 할까.

다이앤을 알게 된 건 지인의 추천 덕분이었는데, 사업 규모만 놓고 봤을 땐 다이앤도 그리 성공한 미용사의 범주에 들어가진 않는다. 미용실이 협소한 데다가 그마저도 다른 미용사 한 사람과 나눠 쓰며 동업으로 운영한다. 세련된 멋쟁이들보다는 꾸준히 드나드는 동네 아주머니들이 주 단골인 지역 미용실일 뿐인데도 그곳이 초라해 보이지 않는 건 다이앤이 그 이상을 욕심내지 않기 때문이다.

다이앤은 무리하게 많은 손님을 상대하면서 숨 가쁘게 사는 걸 원치 않아서 미용실에는 일주일에 딱 사흘만 나온다. 그 사흘 안에 단골들의 예약을 줄 세워 받으며, 성격이 좀 별나거나 피곤하게 구는 손님은 반드시 기억해뒀다가 전화도 받지 않는다. 욕심을 내지 않는 대신 시간과 감정이 소모되지 않는 삶을 보장받는 것이다. 한편 다이앤에게 '선택'된 손님은 더없는 친절과 꼼꼼한 머리 손질을 선사받는다. 이쯤 되고 보면 손님들은 다이앤에게 잘리지 않았다는 사실만으로도 황송해서 저절로 단골이 되는 것이다.

다이앤이 내 머리카락을 자르는 동안 나는 그녀와 쉴 새 없이 떠들어댄다. 남편과 상의해 아이 없는 삶을 선택했다는 다이앤. 글 쓰는 일과 아이들 엄마 역할을 주 종목으로 삼고 사는 나 사이에는 공통점이 별로 없다. 다이앤과 나누는 대화가 재미있는 건 오히려 그 접점 없는 판이함 때문인 것 같다. 아니, 실은 내 쪽에서 다이앤과의 수다에 더 몰두한다고 보는 게 맞을 것이다. 나야 평소 골몰하던 화제에서 벗어난 이야기를 할 수 있어서 그렇다지만 다이앤은 그저 고객 접대 차원에서 상대해주는 것일 수 있으니까.

삼십 대의 시작과 함께 미국에 온 나와 달리 다이앤은 유년기에 미국에 왔다. 캐나다의 불어권 지역에서 태어나 자라던 중 부모님을 따라 이민을 온 경우였다. 미국에 와서도 영어를 하지 못하는 부모님과는 줄곧 프랑스어만 쓰면서 지냈다고 했다. 고등학교에 진학해서는 외국어 과목을 들어야 해서 상대적으로 자신 있는 프랑스어를 선택했더니만 성적표에 C가 나와서 충격을 받았다고 하는데, 깔깔 웃어대는 태도도 그렇고, 다이앤이 성적 따위에 기죽었을 사람 같지는 않다.

그 밖에도 다이앤의 아버지가 열이나 되는 형제자매들 사이에서 자랐다는 이야기, 대가족에 질려서 다이앤처럼 딩크족으로 사는 사촌들이 꽤 된다는 이야기, 해마다 연말이 되면 시립극장에서 〈호두까기 인형〉을 보면서도 차이콥스키가 누군지도 몰랐다는 고백에서 나는 늘 신선한 자극을 받는다. 규격화된 욕망의 대열에서 벗어나면 자유를 쥐게 된다는 것, 자손을 만들지 않았다고 해서 외로움에 매몰된 장년기를 보내는 건 아니라는 것, 예술가가 남기고 간 작품을 가장 이상적으로 소비하는데 작곡자 이름이야 모르면 좀 어떤가 싶은 인식의 전환 같은 걸 유발하는 다이앤의 행보가 나조차 모르고 있던 내 외피에 상쾌한 진동을 던져주는 것이다.

한편 다이앤도 나도 이주민으로서 미국을 보는 시각에서는 공감을 표하기도 하는데, 명절을 앞두고 나누는 음식 이야기 같은 게 단적인 예다. 언젠가 추수감사절을 앞두고 있을 때였다. 대뜸 내가 칠면조는 도저히 못 먹겠다고 하자 다이앤이 반색하며 주변의 '원래 미국 사람들'을 의식해 목소리를 낮추고는 맞장구를 쳤다.

"나도 칠면조에는 손도 안 대고 고기 파이만 먹어요. 우리 엄마가 만드는 캐나다식 고기 파이 끝내주거든요. 명절 때 모이면 친척들이 모두 기대하는 특별 메뉴죠!"

파이? 추수감사절에 먹는 파이라면 으레 후식용이기 마련이라 내 머릿속에선 두 가지 생각이 동시에 피어올랐다. 짭짤한 주요리로 즐기는 캐나다식 파이에 대한 궁금증과 미국식 파이와 관련해 겪었던 당혹스러운 기억이 결합해 스파크를 일으킨 것이다.

오래전 뉴욕에 사는 지인의 집에서 추수감사절 만찬 모임이 있었을 때다. 나는 파이를 구워 가기로 했고, 모임 규모가 제법

켰으므로 파이를 세 종류나 준비했다. 초콜릿 크림 파이와 블루베리 파이에다, 아무래도 추수감사절 전통 메뉴를 빼먹으면 안 될 것 같아서 펌프킨 파이도 구워 갔다. 만찬을 준비한 집은 물론이거니와 초대받은 사람들도 음식을 준비해 왔는데, 신선한 재료를 일일이 손질해 꼼꼼하게 만든 음식이 있는가 하면, 익히기만 하면 되는 반조리 음식도 있었다.

어쨌거나 나는 서양 음식이 아무리 거창하다 한들 한국의 잔치 음식만큼 손이 많이 가는 것은 없다고 생각하는 까닭에, 오븐에서 구워낸 칠면조, 으깬 감자샐러드, 그린빈 캐서롤 같은 메뉴에 큰 감흥이 없었다. 그러다 보니 내가 만든 파이에 과하게 자부심을 품었고, 본식이 끝나고 후식이 나갈 차례가 되었을 땐 파이를 꺼내놓으며 살짝 우쭐할 정도였다. '누가 파이를 세 종류나 만들겠어? 다들 깜짝 놀랄걸!' 하는 마음이었다. 게다가 내 파이는 모두 검증된 요리법으로 만든 것이어서 자신만만했다. 디저트에 기대가 크다는 제프리가 주방으로 와서 실망한 표정을 짓기 전까지는 그랬다.

제프리의 아내가 귀띔해줘서 알게 되었는데 애플 파이가 빠진 게 문제였다. 애플 파이는 펌프킨 파이와 더불어 추수감사절 전통 디저트고, 미국의 대표 소울푸드 중 하나인데, 그게 없어서 제프리가 서운해하는 거였다.

“시골에서 자라서 그래. 제프리는 추수감사절 후식으로 애플 파이에 아이스크림을 얹어서 먹고, 저녁에는 낮에 남긴 칠면조 고기를 발라내 만든 샌드위치로 야식을 먹어야 그날답게 보내는 거라고 여기거든. 샌드위치도 꼭 어릴 때 먹던 그 싸구려 원더 브레드 식빵으로 만들어야 제격이라나? 뉴욕에 산 지가 벌써 몇 년인데 저렇게 시골티를 낸다니까!”

제프리의 아내가 흉보는 척 남편의 까탈을 편들어줬지만 이미 기분이 상해버린 나는 제프리가 얄미웠다. 내 딴에는 익숙지도 않은 미국 음식을 만드느라 온갖 자료를 뒤져가며 애썼는데 애플 파이 하나 없다고 다른 파이들을 푸대접하니 괘씸할 밖에. 그나마 수확이랄 게 있다면, 애플 파이가 ‘보통의 미국인들’에게는 향수를 불러일으키는 가정 음식이라는 걸 알게 된 것이었다. 사실 이해 못 할 것도 없었다. 추석에는 송편을, 설에는 떡국을 먹고 싶어 하는 내 향수와 다를 바 없긴 하니까.

아무튼 그때의 경험 때문에 나는 파이와 관련해 좀 떨떠름한 기분을 갖고 있었는데 다이앤네 가족이 즐긴다는 캐나다식 고기 파이 얘기를 듣고 나니 생각이 좀 달라질 수도 있을 것 같았다. 어찌 보면 미국식과 큰 차이가 있겠나 싶은 캐나다식이지만 그중에서도 미각이 예민한 프랑스 문화권의 사람들이 먹는 음식이라면 특별할 수도 있겠다는 생각이 든 것이다. 언젠가 캐나다의 퀘벡 지역을 간 적이 있는데, 거기서 먹어본 음식 대부분이 훌륭했다.

미국에서도 프랑스인들이 정착해 사는 지역을 가보면 대개 음식이 좋다. 미국의 남부 도시 중 하나인 뉴올리언스가 대표적이라고 보면 되는데, 그곳에서는 현지의 재료와 프랑스식 창의성이 만나 구현된 특별한 음식 문화를 체험할 수 있다. 미국에서 프랑스 현지의 맛에 가장 근접한 크루아상을 만날 수 있는 도시가 뉴올리언스인 걸 보면 그곳의 음식이 우월한 건 우연이 아니다.

내가 관심을 보이니까 다이앤이 캐나다식 고기 파이 만드는 방법을 대강 읊어줬는데, 머리를 자르고 있어서 받아 적을 순 없었지만 그다지 복잡한 건 아니었다. 다이앤이 일러주길, 검색해 훑어보면 요리법은 대체로 거기서 거기일 거라고 했다. 머리카락을 맡기는 처지라 다이앤의 비위를 맞추려고 수를 쓰는 나는 퀘벡 음식이라면 맛있을 게 뻔하다며 아양을 떨고, 우리 옆집에 사는 캐나다 이웃을 예로 들어 소견을 보탰다. 캐나다 사람들은 매사에 바지런하고 스타일도 좋아서 표가 난다고 하니, 다이앤이 그 이웃은 캐나다 어느 지역 출신이더냐고 호기심을 내비쳤다.

그때까지만 해도 새 이웃과 오래 말을 해본 적이 없어서 그

것까지는 모른다고 하니 다이앤이 뜻밖의 말을 전했다. 프랑스어를 쓰는 퀘벡 지역 사람들은 캐나다 내 영어권 지역 사람들을 좋아하지 않는다고. 캐나다 정부가 통합이라는 명분으로 불어권 지역의 언어와 문화를 희석하는 정책을 펼치곤 해서 불어권 지역민과 영어권 지역민 사이에 팬 갈등의 골이 깊다는 것이다. 다이앤의 어조나 표정이 짐짓 엄숙한 걸로 봤을 때 양쪽 지역민 간의 정서를 지배하는 반감의 무게가 가벼이 취급할 정도는 아닌 듯했다.

흥미로운 건, 다이앤의 이야기를 들으며 얄궂은 안도를 느꼈다는 점이다. 캐나다인들을 향한 내 시선의 높이가 살짝 내낮아지면서 미묘한 동질감이 느껴졌다고 할까? 아무리 성토해도 한국 사람들은 여전히 지역감정의 지배를 받고 있고, 그 감정의 부스러기가 사람들의 언행을 통해 돌발적으로 튀어나오곤 한다. 그런데 어쩐지 우리보다는 성숙하고 조화로운 시민의식을 지녔으리라 여겨지던 캐나다인들도 지역감정에 휘둘린다고 하니 은근히 위안이 되는 것이다.

넓은 의미에서 한낱 생명체일 뿐인 인간들이 국경을 긋고 타자를 대상화하며 아옹다옹하는 게 우습다고 생각하면서도 나 역시 그 모든 경계선 앞에서 멈칫하고 망설이는 존재다. 그저 즐기면 되는 명절 하나만 봐도 그렇다. 내게는 이곳의 명절도, 그맘때 먹는 음식도 적극적으로 받아들이고 즐기지 못하던 시기가 있었다. 계절마다 이어지는 각종 기념일이나 명절마다 미국식 덕담을 주고받으며 풍습을 따르고 요란을 떠는 게 어색하기도 했고, 무엇보다 그 모든 것이 내게는 남의 나라 문화로만 느껴질 뿐 도통 내 몸에 맞는 옷 같지 않았다. 이 나라의 모든 이벤트에 주인 정신 같은 걸 가질 수 없었다고 할까.

돌아보면 미국의 모든 것을 향해 한동안은 그런 태도를 견지했었지 싶다. 학생 부부였던 신혼 때는 궁색한 살림을 꾸려가야 하는 게 고되기도 했지만 낯선 풍광과 관습이 주는 인상을 이국적 낭만으로 치환해주는 젊음의 에너지가 있어서 괜찮았다. 하지만 언젠가는 꼭 돌아가리란 생각을 하고 살았던 것 같다. 남편이 첫 직장을 미국 내에서 갖게 되었을 때도 일종의 딛고 지나갈 경험이라 여길 뿐 미국에서 뿌리를 내릴 계획은 없었는데, 인생에서 벌어지는 일들이란 대개 예측대로 흘러가지 않고, 나는 중년이 된 지금까지도 미국에서 살고 있다.

이곳에서 아이들을 키우며 살다 보니 언제까지고 미국의 풍습을 삐딱한 태도로 밀어낼 수는 없었다. 아이들에게 추석이나 설 분위기를 알게 해주진 못하더라도, 이곳의 명절만큼은 여느 미국 아이들 못지않게 즐기면서 자라도록 해주는 건 결국 내가 하기 나름이라는 걸 깨달은 이상, 나는 떠나온 곳의 명절보다 현재 머물러 있는 곳의 명절을 반기는 사람으로 변해야 했다.

가족 중심 사회인 미국에서는 성장기 아이들의 각종 행사 때마다 조부모를 중심으로 한 일가친척이 모여 서로를 챙기며 화사한 분위기를 내준다. 그런 경험을 하지 못하고 자라는 내 아이들의 결핍을 메꿔주는 건 내 몫이었다. 명절을 떠들썩하게 보내진 못하더라도 우리 네 식구의 유대감을 기억하게 해줄 순 있으니까.

밸런타인데이를 맞아 초콜릿 디저트를 함께 만들고, 미국의 독립기념일에 각자 피크닉 의자를 챙겨 메고 공원으로 불꽃놀이를 보러 가고, 크리스마스 전날 머리를 맞대고 둘러앉아 쿠키를 굽고 장식하는 일 같은 것으로. 미국적 기념일에 맞춰 꾸준히 반복하는 가족 이벤트는 아무리 사소할지라도 아이들의 기억에 켜켜이 쌓여간다. 혈연, 지연, 학연이 희박한 곳에서 첫 번째 세대가 되어 한 가정을 일구고 살아간다는 건 때로 무릎이 꺾이는 서러움을 경험케 하지만 그만큼 우리 가족을 끈끈하게 엮어주기도 한다.

해마다 추수감사절이나 크리스마스 등 미국의 큰 명절이 다가올 때 요리 잡지나 온라인을 뒤적거리며 메뉴를 궁리하는 건 명절 기분을 내는 내 나름의 습관이 되었다. 기존 메뉴를 바탕으로 매번 조금씩 새로운 요리법을 시도해보는데, 그렇게 완성

된 식단이 만족스러울 때면 우리 가족의 작은 역사 하나가 만들어진 것 같아서 소박하나마 도취감을 맛보곤 한다. 아이들은 언젠가 둥지를 떠나겠지만 내가 이뤄낸 우리 가족의 첫 세대 메뉴가 아이들의 기억에 씨앗으로 저장되었다는 생각에 뿌듯한 것이다.

그렇게 모아둔 레시피 노트가 이젠 요리책 한 권 분량이 되었다. 그러니 언젠가는 나도, 그러니까 지금은 존재하지도 않는 누군가가 훗날 "우리 할머니 레시피야!" 하면서 포틀럭 파티 테이블에 파이를 내려놓을 때 떠올리는 얼굴이 될 수도 있지 않을까. 어쩌면 그 파이가 한때는 애증의 음식이었던 애플파이일 수도 있다. 그러고 보니 애플 파이의 계절이 목전에 와 있다. 아이들을 차에 태우고 수도 없이 지나다니던 길목의 사과 농장 열매들이 하루가 다르게 탐스러워진다.

그늘에 머물러 있는 시선

두 개의 잔이 쨍 부딪혔다. 친구와 나는 각자의 잔을 입으로 가져가며 활짝 웃었다. 오랜만에 잡은 저녁 약속이었다. 장소는 새로 생긴 멕시칸 식당으로, 실내 장식이 참신한 곳인 데다가 칵테일도 음식도 맛이 좋아서 우리는 토요일 저녁 레스토랑의 활기에 적극적으로 전염되어 떠들어댔다. 친구는 인도인들이 흔히 그렇듯 채식주의자이고 나는 잡식주의자이면서도, 우리가 서로에게 지향하는 바를 강요하거나 날을 세워 상대를 건드리는 법은 없다. 동시에 화제는 들쭉날쭉 종횡무진 튀어나오고 달리며 지루해지지 않는다.

나는 인도를, 친구는 한국을 가본 적이 없다. 그 대신 우리는 상대의 출신국과 관련된 막연한 이미지를 기본에 깔고 많은 것들을 묻고 알아간다. 친구는 한국 사람들이 인도 음식을 즐겨 먹는지 궁금해하고, 나는 카레에 곁들여 나오는 따끈따끈한 난이 한국인에게 익숙해진 것도 한참 되었다고 알려주는 식이다.

테이블에 음식이 깔리면 식탐을 핑계로 우애를 다진다. 내 접시에 있는 플랜테인 조림 일부가 친구의 접시로 이동하고, 나는 친구가 손수 싸서 내밀어준 콜리플라워 타코를 받아먹는다. 나는 미국인이 다 된 양 눈을 굴리며 맛있다는 표정을 지어 보이고, 친구는 그럴 줄 알았다는 듯 만족스러운 얼굴을 한다. 그 속내가 "거봐! 채소만으로도 맛있잖아!"라는 걸 알지만 뭐 그쯤이야.

친구가 두 번째 토르티야를 손바닥에 얹고는 말했다. 요즘 인도에서 한국 음식이 대유행이라는 것이다.

"한국 드라마, 영화, 음악이 인도에서 난리야 난리!"

인도 현지인들의 인스타그램을 들여다보면 한국 음식을 직접 해서 먹어보는 포스팅이 다수 올라오고, 한국 음식과 인도 음식을 접목해 퓨전을 만들어내는 풍조도 엿보여서 그 땅에 부는 K 바람을 감지할 수 있다고 한다. 미국 내 K 콘텐츠 초기 소비자층 가운데 상당수가 인도계 2세들이었다는 것은 알고 있었지만, 그들의 본국에서도 그렇게 되었다는 건 새로 알게 된 사실이었다.

듣기 좋은 말이니만큼 나도 친구의 비위를 맞춰주고 싶어서 한국에서 잘 알려진 인도인 럭키 이야기를 해줬다. 참깨 사업을 하느라 한국에 체류하다가 〈비정상회담〉이라는 예능 프로그램에 출연해 유명해졌다는 것과, 인도인 특유의 융화에 능한 성품이 돋보인다는 나의 사견까지 덧붙여 말해주자 친구도 관심을 보이며 흥미로워했다. '당신네'의 무언가를 '우리네'가 좋아한다는 단순한 화술은 얼마나 효과적인 윤활유인가. 우리는 민간 외교의 모범생이라도 된 듯 의기양양 고무되어 즐거운 식사를 하고, 알맞게 취해 헤어졌다.

그 주 일요일에는 남편도 하이킹 친구들과 약속이 있었다. 주말마다 만나 일대의 숲 이곳저곳을 탐험하는 모임이다. 구성원은 남편 외 이탈리아계 친구와 독일계 친구인데, 혈통을 따지자면 그렇다는 것이지 조부모 세대부터 미국에서 태어나 일족을 이루며 살아온 사람들이다. 이미 몇 세대 위부터 이민자의 정체성은 지워지고 자신을 '그저 미국인'으로 느끼는 이들.

남편이 이들과 격의 없이 지낸 지도 꽤 되었는데, 하이킹에서 오고 간 이야기를 전해 들으면 미국의 백인 중년층이 어떤 생각들을 하고 지내는지 짚어볼 지점이 보인다. 일례로, 요즘 라디오에서 케이팝이 왜 이렇게 자주 나오는 거냐고 누군가 의문을 표하면, 다른 이가 답하기를 케이팝 팬으로 자라난 미국 내 아시아계 2세들이 사회에 나오게 된 시기라는 데 주목하라는 것이다. 그러면서 그들이 대중문화를 이끌어갈 방송작가나 PD 같은 직종에 진출해 자신들의 '스타'를 소환하고 노출하고 있다는 점을 거론한다. 그 분석을 한 눈 밝은 친구가 이번 하이킹을 마친 뒤 남편에게 말했다고 한다.

"어이, 요즘 한국이 대중문화 시장을 완전히 잡아먹고 있던데? TV를 보면 어떤 채널을 돌려도 한국 관련되지 않은 게 없더라고! 대체 한국 사람들, 못 하는 게 뭐야?"

남편과 내가 각자 나가서 들은 이야기를 곱씹고 있자니 지역 내의 한국 사람들이 떠올랐다. 그중 일부는 미국으로 이주해서 반세기를 지내온 사람들이다. 나를 만날 때면 타국 깊숙한 곳까지 들어와 살아야 했던 본인의 과거가 겹쳐 보인다며 눈가를 적시는데, 그들로부터 받는 관심과 환대로 나 역시 위안을 얻기도 해서 만날 때마다 마음이 간다.

그런 그들이 최근 자주 탄식을 뱉으며 한국 걱정에 미간을 좁히곤 한다. 한국을 필요 이상으로 염려하다 심지어 분개하기까지 한다. 그들과 나 사이의 공통분모가 고국인지라 대화가 이어지면 결국 한국 소식을 나누게 되는데, 그때마다 한국의 정세에 핏대를 세우니 난감하기 그지없다. 지지 정당의 행보라면 한국에 손해일 것 같은 일에도 어이없이 호감을 표하고, 반대편 정당의 행보는 출처가 의심되는 유언비어를 밑받침 삼아 세상이 두 쪽 날 것처럼 펄쩍 뛰며 반감을 표하는 것이다.

소속감이 절실한 사람들을 표적으로 한 편향된 정치 정보가 지구촌 곳곳에서 문제를 야기하고 있는 비극이 어제오늘 일은 아니다. 정보를 나르는 통로가 처음부터 그렇지는 않았을 것이다. 그 통로로 도착한 고국의 소식이 단비 같을 때도 있었을 것이다. 그리운 이들과 연결되어 있다는 기분을 주는 별천지이기도 했을 것이다. 그런데 그 통로가 언젠가부터 별빛 대신 다른 걸 실어와 한적한 미국의 작은 마을에 뿌려대고 있었다. 고국을 디스토피아로 보이게 만드는 오염 물질을.

그들은 내가 자신들처럼 힘겹게 이민 생활을 하지 않았으면 좋겠다며 반찬을 나눠주고 텃밭에서 가꾼 작물을 아낌없이 싸주는 이들이다. 그들이 극단적 콘텐츠에 물들어 모국의 그늘에 몰두해 있는 모습을 보면 서글프고 착잡하다. 오래전에 한국을 떠난 그들에게는 한때 엄청나게만 보였을 미국. 그토록 대단했던 나라가 한국의 소프트파워를 즐겁게 소비하고 있는데, 오랜 세월 외로움을 견디며 살아온 사람들에게서 이 광경을 목도하는 기쁨을 빼앗는 존재는 대체 누구일까. 이들이 퍼뜨리는 콘텐츠에 낚여 이민자의 고립은 비로소 완벽해진다. 물리적 고립과 정신적 고립이 동일한 비중을 갖고 완성되는 것이다. '소수자'에 이어 '정치광'이라는 꼬리표 하나가 더 붙어서.

바다의 표정을 위해

더글라스 케네디의 소설 《빅 픽처》 전반부의 이야기는 코네티컷을 배경으로 한다. 뉴욕의 여피였던 커플이 교외로 이주해 살면서 권태와 자기혐오에 시달리다 파국을 맞고 끔찍한 일에 휘말리는 줄거리인데, 내게 익숙한 장소가 많이 나와서 생생한 재미를 느끼며 읽은 소설이다. 특히 주인공이 범죄 증거를 은닉한 뒤 도주를 시작한 장소는 내가 즐겨 찾는 공원이라서, 그 대목의 모든 묘사가 실시간 시뮬레이션 장치처럼 느껴질 정도였다. 시체를 처리한 주인공이 바닷물에 흠뻑 젖은 채 차를 숨

겨둔 숲으로 걸어가는 부분을 읽을 땐 문장으로 표현된 공감각의 연상작용이 어찌나 현실적인지 글 속의 추위가 내 살갗을 조여오는 듯해서 소름이 돋았다.

한여름이나 갑자기 더워지는 가을 한때를 제외하면 이곳의 바다 주변에는 대체로 찬 기운이 감돈다. 몸을 담그고 놀 만큼 무더운 기간이 길지 않아서 뛰어들기보다는 바라보는 날이 많은 바다다. 그러니 앞서 언급한 소설처럼 여름 아닌 계절에 이 지역 바다에 몸을 적시는 장면이 나오는 창작물을 접하면 반사적으로 어깨가 움츠러들고 이가 부딪칠 듯한 상상 한기를 체험하게 된다. 지어낸 이야기라는 걸 알고 보는 소설이나 영화로도 그런데, 겨울의 정점인 기간에 바다로 뛰어드는 동네 사람들을 현실에서 봤을 땐 정말이지 입이 떡 벌어지면서 오금이 다 저릴 정도였다.

몇 해 전, 전날 준비해둔 재료로 떡국과 녹두전을 만들어 새해 첫 끼니를 든든히 차려 먹고 식구들과 집을 나선 날이었다. 목적지는 지역 도로를 따라 십오 분 정도 달리면 나오는 근방의 작은 해수욕장인데, 경로가 좋다. 겨울 풍경이야 어디나 그렇듯 좀 쓸쓸하지만 따뜻한 계절엔 각기 다른 매력으로 지나가는 사람들의 눈을 즐겁게 하는 길이다. 갈대가 일렁이는 고즈넉한 늪지대도 매력적이고, 이색적인 경비행기들이 늘어선 작은 공항과 활주로 주변에 낙조가 깔릴 때의 광경도 황홀하고, 봄부터 가을까지는 창틀마다 꽃으로 장식된 집들 사이를 지나가게 되어 있어 짧은 드라이브 코스로 제격이다.

지역 특유의 풍광을 거쳐 간 뒤 도달하게 되는 이 작은 비치는 주민들이 이용하는 소박한 해수욕장이다. 놀이터를 끼고 있는 모래톱 면적은 아담하고, 비치 가장자리는 완만한 경사를 이루는 잔디 언덕으로 이어진다. 잔디 사이로 드문드문 드러난 평평한 암석이 언덕 봉우리에 가서는 풀이 없는 넓은 면적의 돌바닥으로 구조를 드러내는데, 그 자리에 오래된 목조 건물 한 채가 서 있다. 과거 누군가의 아름다운 저택이었던 건물은 현재 시에서 관리하는 해수욕장의 부대시설로 개조되어 샤워장, 탈의실, 스낵코너 용도로 시즌 개방을 한다. 건물의 옆구리를 끼고 돌아 뒤쪽 테라스에 올라서면 대서양의 망망대해가 눈 앞에 펼쳐진다.

바다 근처에 살아서 그런지 여름이면 일없이 마음이 들뜨곤 한다. 수영복을 대충 가린 비치웨어 차림으로 동네를 돌아다니는 사람들이 많아지면 내 일상도 휴가처럼 보내고 싶어진다. 저녁밥을 하는 것에도 꾀가 나기 마련이라, 그럴 때면 식구들을 부추겨 입던 옷차림 그대로 차를 타고 이 비치로 온다. 해변 동네라 어딜 가나 바다를 만날 수 있지만 마실 삼아 훌쩍 나와 간단한 끼니를 때우기론 이 장소만큼 적격인 곳이 없어서 게을러지고 싶은 여름 저녁에 자주 찾게 된다. 고택의 외양을 한 언덕 위 스낵코너에서 방금 구워낸 햄버거와 입이 델 정도로 뜨거운 감자튀김을 사서 대서양과 마주한 테라스에 주저앉아 먹는 것의 즐거움을 무엇에 비할까. 철썩이는 물소리를 배경으로 해풍에 머리카락을 날리며 저녁 소풍의 정취를 즐기고 있으면 바다 가까이에서 살아보는 소망을 이루었다는 포만감이 차오른다.

언덕 아래에 있는 주차 공간 건너편에도 부대시설이 하나 더 있는데, 이 건물 역시 과거에는 누군가의 주거지였고 현재는 행사용 대여 시설로 쓰인다. 외관이 화려하진 않지만 규모가 꽤 넉넉한 건물로, 냉전 시대 이전에 유행한 목가적인 풍취가 아련한 기분을 안겨준다. 흰색과 파란색을 대비해 칠한 외벽과 지붕이 해변 특유의 상징적 이미지를 자아내는 이 시설은, 주민이면 누구나 대여할 수 있다. 관리 공관에 사용료를 내고 날짜만 맡아두면 된다. 따뜻한 계절의 주말마다 바닷바람이 들도록 열어놓은 창에서 사람들의 웃음소리가 새어 나오고, 바깥 잔디밭에 설치된 그릴에서는 바비큐 연기가 피어오르는 풍경이 만들어진다. 과거 지역 유지의 고급 주택이 서민들의 편의 공간으로 변한 광경을 보게 되는 것이다. 새해에 떡국을 챙겨 먹고 향한 장소가 어떤 곳인지 설명하던 중 말이 길어졌다. 좋아하는 대상에 관해서라면 하염없이 말을 쏟아내는 주책이 빈번해지면 노화의 신호라고 생각해왔는데, 나도 이러는 걸 보면 타인을 보며 혀를 차던 내 태도도 미숙한 성정에서 비롯된 오만이었지 싶다.

아무튼 어느 해의 1월 1일에 딱히 할 일도 없으니 겨울 바다나 볼까 하고 이 비치를 목적지 삼아 나선 차였는데, 호젓한 바다를 보게 되리라는 예상과는 달리 그날 모래톱에는 인파가 모여들어 북적대고 있었다. 이 추운 날 바닷가에 사람들이 많은 것도 이상했지만 다음에 벌어진 일은 그야말로 더욱더 초현실적이었다. 담요나 비치타월 따위를 뒤집어쓰고 웅성거리던 사람들이 사이렌이 울리자 일제히 덮은 걸 벗어던지며 바다로 뛰어드는 게 아닌가. 한겨울에 무슨 광기인가 싶어서 우리 가족은 입이 떡 벌어져서 쳐다봤다.

알고 봤더니 지역 사회의 구호단체에서 꽤 오래전부터 치러온 전통 행사로, 명칭은 '사마리아인들의 수영'이라고 했다. 행사에 참여하거나 다른 방법으로라도 기여하고 싶은 이들은 새해 첫날 이곳으로 오면 되는데, 오전 열한 시에 시설에 입장해 참가 신청을 하고, 참가비는 주최 측에서 판매하는 티셔츠를 사는 것으로 대체된다. 티셔츠 가격은 이십 달러이고, 당연히 더 내도 된다. 미처 잊고 지났다가도 관련 기사가 지역 신문에 실린 것을 보고 뒤늦게 기부를 하는 이들이 많다고 한다. 주최 측은 이렇게 걷힌 수익금으로 지역 사회의 노숙자들과 저소득층에게 따뜻한 음식을 해서 먹인다.

바다에 뛰어들기로 정해진 시각은 열두 시 정각이고, 참가 신청자들은 수영복으로 갈아입은 뒤 건물 안에 대기하면서 주최 측이 마련한 쿠키나 도넛 등을 즐기며 자유롭게 대화를 나눈다. 입수할 시간이 가까워지면 실내에 대기하던 사람들이 슬슬 바깥으로 나선다. 그때쯤에는 '구경만' 하러 오는 사람들까지 비치에 모여들면서 주차장도 북적댄다.

때가 임박하면 행사 진행자가 메가폰을 잡는다. 곧 시작합니다! 십 분! 오 분! 이 분! 일 분! 하는 식으로 카운트다운이 진행되고, 입수 시각이 되어 신호음이 울리면 참가자들 모두가 일제히 바다로 달려간다. 첨벙첨벙 소리와 함께 하얀 물보라가 일어나고 곳곳에서 함성이 터진다. 살갗에 물이 닿은 즉시 비명을 지르며 튀어나오는 사람들이 있는가 하면, 덜덜 떨리는 걸 가까스로 참으며 버티는 사람들도 있고, 하나도 차갑지 않다는 듯 유유자적 헤엄을 치는 사람들도 있다.

나는 파카와 모자, 장갑으로 무장하고도 바닷바람이 뼛속까지 파고드는 것 같다고 느꼈는데, 그 무시무시한 일을 감행하고도 젖은 머리카락으로 해변을 돌아다니는 사람들을 보고 있자니 실로 경이로웠다. 차갑고 추운 것들에 좀처럼 내성이 생기지 않는 점은 미국에 산 지 스무 해를 넘기고도 극복하지 못하고 있는 것 중 하나다. 나는 아마 평생을 가도 한겨울에 얼음물을 벌컥벌컥 마시는 미국인처럼 되지는 못할 것이다. 그러나 아무리 추위를 많이 타지 않는 체질이라도 한겨울에 바다로 뛰어드는 용기는 여간 큰 작심으로 낼 수 있는 게 아닐 것이다.

모래톱에는 겨울 바다에 몸을 적시고 나와서도 아무렇지도 않은 듯 지인들과 담소를 나누는 사람도 있었고, 발만 겨우 적시고 나와 담요로 몸을 감은 채 이를 부딪치며 덜덜 떠는 사람도 있었다. 전자도 후자도 표정은 예외 없이 밝았다. 그들의 흥이 어떤 종류의 감정에서 생기는지 짐작이 되기는 했다. 지루하고 쓸쓸한 겨울의 정점에서 극적인 이벤트를 위해 모인 사람들의 상기된 에너지, 짧고 예정된 고통을 통해 배가되는 선행의 짜릿함을 상상해보는 건 그리 어려운 일이 아니니까.

좀 더 뒤에 알게 된바, 선한 사마리아인의 수영 이벤트는 이곳에서만 벌어지는 게 아니었다. 1월 1일 정오가 되면 지구촌 여러 곳에서 바다에 몸을 던지는 사람들이 있는 걸 내가 몰랐을 뿐이다. 이렇듯 누군가는 사람을 살리기 위해 쨍한 겨울 낮에 바다로 뛰어들고, 더러 누군가는 하늘도 물도 까만 밤 차가운 바다로 들어가 범죄의 흔적을 지우기도 할 것이다.

그런가 하면 또 어떤 이는 자신의 오롯한 생명 하나를 어쩌지 못해 겨울 바다에 배를 띄웠다. 눈이 많이 내릴 거라고 예고된 날이었다. 풍랑주의보도 내려 있었으니 온전한 판단력을 가진 사람이라면 그날 배를 타고 바다로 나가진 않았을 터였다. 그날 나는 차가운 습기로 꾸물꾸물했던 날씨에 몸서리를 치며 외출 계획을 철회하고 따뜻한 음료를 감싸 쥔 채 집 안에서 웅크리고 있었다. 내가 왜 그날의 내 행적을 기억하고 있냐면, 다음 날 듣게 된 비보로 인해 내가 전날 했던 행동을 하나씩 곱씹어봤기 때문이다.

남자는 또래의 학부모들 사이에서 유명한 사람이었다. 지역의 재력가들이 모여 사는 동네에 화려하고 큰 집을 가지고 있었고, 세 자녀는 미국 학교의 주류 아이들이 으레 그렇듯 스포츠에 능해 또래들 사이에서 기죽을 일이 없었다. 남자도 아내도 아이들을 물심양면 적극적으로 지원하는 부모였기에 그들을 모르는 사람이 없었다. 멋진 외모에 재력까지 갖춘 부부는 인근 바닷가의 클럽하우스에 규모를 달리하는 배도 세 척이나 소유하고 있었다. 눈을 동반한 풍랑이 있을 거라고 예견된 날 남자가 타고 나간 배는 그가 소유한 세 척의 보트 중 가장 작고 거친 물살에 취약한 것이었다.

다음 날 남자가 차디찬 주검으로 발견되었다는 소식이 전해졌다. 남자가 젖은 눈발이 날리고 시린 바람이 불어대던 날씨에 바다로 나간 이유를 나는 모른다. 사실 난 얼굴만 알 뿐이지 말 한 번 섞어본 적 없는 사람이었는데, 그래도 그의 죽음은 오래도록 내 마음에 남아서 겨울 바다 풍경을 볼 때마다 불쑥불쑥 고개를 내밀곤 한다. 정말이지, 바다 한가운데서 혼자 죽어가기엔 너무나 험했던 날씨라는 생각이 들어서 그 사람을 움직인 동력이 무엇일까 하고 한동안 무거운 마음을 거두지 못하는 것이다.

남자를 떠올리면 고급 저택과 아름다운 요트가 하얀 그림자처럼 따라붙어 일렁이기 때문일까. 남자의 죽음과 관련해 내 마음에 남아 있는 기억은 터무니없게도 소설 《위대한 개츠비》의 마지막 부분과 뒤섞여 불분명한 외곽선을 가진 이미지로 부옇게 떠 있다. 화려한 물성을 지닌 것들 아래에서 위태로운 영혼이 비명을 지르고 있었다는 점에서 현실 속 남자와 소설 속 개츠비가 중첩되어 느껴지기 때문일까. 개츠비에게는 황금 모자를 쟁취해 데이지를 되찾는 것이 삶의 동력이었다. 소설 《빅 픽처》의 주인공 벤은 예술가가 되지 못한 결핍감 탓에 안락한 삶을 누리지 못하고 파멸을 향해 치달았다. 우리 동네의 그 남자가 이 소설의 인물들과 내 마음속의 한 방에 공존하는 건 그

방의 주인인 나 역시 이 세 인물과 겹치는 부분을 가지고 있기 때문일 것이다.

이 지역에서 차를 몰고 지나다니면 날씨에 따라 달라지는 바다의 표정에 무심할 수가 없다. 바다를 꿈처럼 연상할 때면 아름답고 낭만적인 모습을 그리게 된다. 평온한 표정, 성이 나 거칠어지는 표정, 새파란 수면 위에 보석 같은 윤슬을 띄우는 표정, 어둡게 침잠해 있는 표정 모두가 바다의 얼굴인 것을 자꾸 잊으니까. 바다의 모든 얼굴에 동등한 자격을 부여하기까지는 오랜 시간이 걸린다. 가없이 냉혹하기도 한 겨울 바다까지 겪을 대로 겪으며 이 지역에서 아이들을 키우고 살아낸 다음에야 나는 바다의 어두움마저 인정하고 끌어안게 되었다.

물론 삶의 실체를 어렴풋하나마 가늠할 수 있게 되어도 마음이란 때로 미풍에 휙 뒤집히는 낙엽처럼 이리저리 부딪히고 쓸려 다니곤 한다. 내가 벤, 개츠비, 우리 동네 남자가 들어가 있는 방문 앞에서 서성대다가도 머리를 흔들고 한겨울의 사마리아인들을 떠올리는 건 아마도 생존본능 때문일 것이다. 타인을 살리겠다고 찬 바다를 감수하는 이들을 바라보는 것만으로도 구원받는 기분이 들기는 하니까. 바다의 한 가지 모습만 편애하지 않으려고 노력하는 나지만 적어도 새해 첫날만큼은 바다가 좀 덜 춥고 친절한 얼굴을 해주길 빌게 된다. 그날만큼은 날이 맑아서 해가 났으면 하고 바라는 것이다. 우리 동네의 사마리아인들이 뛰어드는 바다가 기왕이면 파랗고 햇빛 조각이 떨어져 반짝이는 모습이면 좋을 것 같으니까.

노을을 지나가는 방법

프랑스에서 유학 생활을 하던 90년대에는 한국 드라마가 생각나면 거칠게 녹화된 비디오테이프를 빌려다가 유학생 친구들과 모여서 보거나 번갈아 돌려 보곤 했다. 한국에 살 때는 TV를 거의 보지 않았으면서도 이상하게 외국에 나와 살면 한국 방송에 기갈을 내는 주기가 온다. 별로 좋아하지 않아서 손을 대지 않던 음식도 재료를 구할 수 없는 지역에서 살게 되면 그리워지는 나머지 비슷하게라도 해 먹어보겠다고 갖은 실험에 도전하는 등 궁상을 떨기도 한다. 향수란 이렇듯 습관이나 취향을 뒤흔들 만큼 강력한 감정의 파장이다.

요즘은 한국 음식에도 한국 방송에도 그리 사무칠 일이 없는 편리한 시대가 됐다. 한국 드라마가 당기면 구독하는 스트리밍 서비스 플랫폼으로 들어가 골라 보면 되고, 생활 반경에 쓸 만한 한국 마트가 없으면 온라인 쇼핑몰에서 주문하면 된다. 어지간한 식재료는 아이스팩과 함께 포장되어 현관문 앞으로 도착하고, 한국의 유명한 맛집과 협업해 상품화한 반조리 식품, 반찬, 떡 같은 것을 수입해 배송 판매하는 업체도 있다. 해외치고는 비교적 한국 사람 살기에 팍팍하지 않은 미국이라서 누리는 편리이긴 한데, 이만큼 온 것도 사실 근 몇 년 안쪽에서 일어난 비약적 발전이다.

미시간 호수 근처의 작은 마을에 살던 시절 첫아이를 가졌을 때는 머릿속에 떠오르는 음식을 단 한 번도 먹지 못하고 지냈다. 칼칼한 양념을 입힌 낙지볶음 같은 게 줄곧 먹고 싶었지만, 바다가 먼 지역이라 해물 자체가 흔하지 않았다. 중부 지역의 미국인들이 접해본 일 없어 생소해하고 징그러워하는 낙지나 오징어 같은 건 구할 수도 없었다. 그때만 해도 음식과 관련한 그리움이 밀려오면 매사 그렇게 참고 지내는 수밖에 없었다. 지금은 한국 냄새가 나는 걸 들이부어야 해결이 날 갈증이 찾아오면 클릭 하나로 쉽게 목을 축일 수 있는 시대가 되었으니 타지 생활이 갈수록 편리해지고 있다는 격세지감을 맛본다.

그런데 점점 한국 드라마를 보다가 중단하는 일이 잦아진다. 쉽게 접하니까 귀한 줄 모르게 된 건 아니고, 외국에 나와 사는 기간이 길어지니 드라마 속 인물이 겪는 일들에 공감하기 어려워지는 것 같다. 최근에는 강남 학원가의 과열된 경쟁 속에서 일어나는 기이한 소재의 드라마를 보다가 한국의 교육 환경이 아직도 저런가 싶어서 답답하기도 하고 마음이 불편해져서 더 보고 싶은 마음이 사라졌다.

한국 방송을 보고 있으면 다루는 소재나 방식이 익숙해서 친근한 마음이 들기도, 또 현재의 내가 접하거나 겪는 것들과 너무 동떨어져서 새삼 거리가 인식되는 양가감정을 느끼곤 한다. 내가 한국에 살던 때 존재했던 불편함 같은 건 이제 사라졌을 거라고 막연히 당연시하고 있는데, 방송을 보다가 전과 달라진 게 없는 걸 발견하면 기분이 상하기도 한다. 아예 모르는 나라의 낯선 것이면 생소한 나머지 구경하는 맛이라도 있는데, 너무 잘 알아 지긋지긋한 고질적 일면을 모국의 방송에서 새삼 다시 발견하면 외면하고 싶어진다. 이런 내 심리의 근원이 무엇일까 몰두해 생각해본 결과, 내가 한국을 향해 갖는 감정이 피붙이에게 느끼는 애증 같은 종류의 집착이란 걸 깨달았다. 한국과 나를 동일시한 필터를 끼고 사안을 보는 것이다. 나와 상관없는 남이야 뭘 하든 그러려니 하지만 '내 것'이라고 느끼는 대상에 한해서만은 대외적으로 좋게 보였으면 하고 기대치를 키우는 것이다.

얼마 전 어떤 한인 업체에 갔다가 가게 주인이 늘 틀어놓고 보는 한국 방송에 눈을 두게 되었다. 어른 출연자들 속에 어린이 출연자가 섞여 있었다. 어린이와 대화하는 법을 몰라서 그랬는지 출연자 중 한 사람이 아이의 체중과 관련한 농담을 시작했다. 살집이 좀 있는 아이는 순간 얼굴을 굳혔지만 곧이어 많이 당해본 사람만이 지닐 수 있는 내성으로 응수했다. 아이의 얼굴에 그 소재를 달가워하지 않는 마음이 역력히 드러나 있었다. 외모에 관한 지적 및 언급에 경각심이 없는 문화권에서 상습적으로 모욕당하며 자란 아이는 어떤 성정의 어른이 되는 것일까. 마음속에 굳은살의 두께를 늘려가며 자란다는 건 좋은 일일까 나쁜 일일까.

한국 방송을 볼 때면 애써 내 신경을 '탈미국화' 내지는 '탈서구화'시켜서 덤덤하게 만들려고 노력은 한다. 그러다가도 한국형 부주의 같은 것을 목격하면 힘이 쭉 빠지면서 내가 너무 오래 바깥 생활을 했나 싶고, 경계인이 된 내 위치를 또 한 번 자각하게 된다. 그럴 때마다 나는 나를 비춰보는 거울 앞에 선다. 나는 나를 미국에 더 가깝다고 느끼는 걸까, 아니면 한국에 더 가깝다고 느끼는 걸까?

내 안에 설정된 주류 언어는 당연히 한국말이고, 그것이 내 의식에서 차지하는 면적은 아마도 70퍼센트쯤 되지 않을까 싶다. 나머지 30퍼센트 중 영어가 25퍼센트, 사용한 지 오래되어 잔뜩 녹이 끼어버린 프랑스어는 5퍼센트쯤 되려나. 이렇게 한국어가 의식의 회로 안에서 철옹성 같은 위세로 작동하고 있는데, 사람을 대하는 방식에서는 미국의 정서가 생각보다 많이 내 안으로 스며 들어와 있는 걸 느낀다. 그건 정말 당황스러우면서 낯선 감정이고, 그럴 때 나는 나 자신을 경계인이라고 여길 수밖에 없게 된다. 경계인이라는 용어는 어디에도 속하기 어렵게 되어버린 사람들에게 붙이는 딱지라는 점에서 서럽기도 하지만 국한되지 않아도 된다는 말이니 자유를 주는 것이기도 하다. 놀이의 깍두기나 카드 게임의 조커처럼.

아무려나 이민자는 좋든 싫든 모국을 떨쳐내지 못하는 존재라서 어떤 곳에 속해 사는 나라의 시민을 지칭할 때 '우리'라 하길 어색해한다. 같은 나라에 사는 사람들을 두고 다른 방향을 가리키듯이 미국 사람들, 독일 사람들, 일본 사람들 등으로 표현하며 타자화하는 것이다. 그러면서도 또 살아가는 터전의 이야기에는 더욱 감정이입을 하게 되니 이민자의 자아는 경계인이라는 별칭처럼 아이러니하면서 굴절된 것이기도 하다. 강남의 학원가를 다루는 드라마보다 내 일상에 들어와 있는 미국 공립 학교 소재의 드라마가 더 흥미로운.

〈지니 앤 조지아〉는 뻔한 학원물이 아닐까 하는 가벼운 마음으로 시작했다가 입체적 인물 구성과 탄탄한 대본에 반해 재미있게 보게 된 드라마다. 이야기의 얼개는 청소년기에 아기를 낳게 된 여자와 그 딸을 주인공으로 내세워 2000년부터 2007년에 걸쳐 방영한 인기 드라마 〈길모어 걸스〉의 설계를 그대로 갖다 쓴 것처럼 보일 정도로 흡사한 면이 있다. 하지만 만일 〈길모어 걸스〉 작가가 과거에 그 대본을 써먹지 못했다가 현시대에 와서 정신 개조를 하고 원고를 고치면 나올 법한 작품이 바로 〈지니 앤 조지아〉 아닐까 싶다.

나의 미국 생활 초기에 방영을 개시한 〈길모어 걸스〉는 코네티컷의 상류 사회 집안 외동딸이 청소년 미혼모가 되는 걸 계기로 자신이 속해 있던 울타리를 벗어나 작은 마을의 소시민으로 살게 되는 모습을 그린 드라마다. 계층의 위화감을 다루면서도 사람들 간의 인간적이고 훈훈한 모습이 맛깔나게 구현되어 있어 큰 인기를 끌었는데, 출연자는 거의 다 백인이었다. 〈길모어 걸스〉가 방영되던 시절은 미국의 공중파 방송사가 시청자는 으레 백인이라고 간주하고 제작한 방송을 송출하던 때였다. 지금은 미국 내 다양성 추구 분위기를 간과할 수 없음은 물론이거니와 전 세계의 스트리밍 서비스 플랫폼 이용자들이 시청자이기에 〈길모어 걸스〉 시절처럼 세상의 주류는 백인이라는 식으로 드라마를 제작해 내보내면 비난을 피하기 어렵다.

단적인 예로, 〈길모어 걸스〉에 등장하는 한국계 가족은 교회에만 미쳐 사는 괴팍한 모습으로 나온다. 동네에 하나쯤 있을 법한 아시아계 가정을 딱딱한 영어를 쓰며 해괴한 방식으로 사는 별종으로 대상화해 다룬 것이다. 반면 〈지니 앤 조지아〉에서 다루는 아시아계가 어떤지를 〈길모어 걸스〉와 비교해보면 이십 년 동안 시대가 얼마나 달라졌는지 알 수 있다. 아버지가 대만계인 남학생을 뒷전에 찌그러져 있는 비주류 소수인종으로 소비하는 대신 입체적 캐릭터로 구현해 전면에 배치했고, 주류가 아니어서 더 모범적으로 살아야 하는 압박감을 느끼면서도 서로 적대감과 공감을 갖게 마련인 아시아계와 아프리카계 간의 미묘한 대치 심리도 꺼내 다뤘다.

얼마 전 〈파트너 트랙〉이라는 드라마에서는 한국계 알파걸을 주인공으로 내세워놓고도 관성에 젖어 온갖 백인 썸남들을 매력적으로 꾸며서 주인공 주변에 깔아두고는, 아시아계 남자 변호사는 호화 만찬에서 스테이크가 나오자 패밀리 레스토랑에서나 취급하는 소스를 찾다가 망신당하는 촌놈으로 만들어놨다. 그 촌놈을 위기에서 구해주는 이는 주인공과 긴장감 있는 로맨스를 벌이는 금발의 영국 남자다. 아시아계 남자 변호사는 호화 만찬을 접해본 일 없는 개룡남 캐릭터로 소비됨으로써 잘생긴 백인 남자 변호사의 인성을 돋보이게 하는 도구가 된 것이다.

그런 점에서 〈지니 앤 조지아〉는 적어도 세심하고 성의가 있다. 흑인 입장, 황인 입장, 부모 중 한쪽은 백인인 입장, 인도나 중동계 입장, 입양아 입장, 장애인 입장, 성소수자 입장, 남부 사투리 팍팍 쓰는 밑바닥 출신 금발 여자의 입장에도 촘촘하게 시선을 주어 차세대가 살아가야 할 비전을 보여주는 포석을 놓았다. 물론 이 경우도 완벽할 순 없을 것이고, 누군가는 또 다른 면에서 불편한 지점을 발견할 것이다. 하지만 인간은 늘 살아가는 틀을 점진적으로 바꿔가며 진화해왔으니 언젠가는 지금의 변화도 자연스러운 모습이 될 것이다. 여성에게 투표권이 있는 게 당연한 지금처럼. 진보한다는 것은 결국 디테일해지는 것 아니던가.

물론 영상물 특유의 파급력으로 바람직한 예시를 보여주더라도 그것이 현실이란 법은 없다. 아이들을 키우는 동안 나는 내 아이들이 대학에 가면 어떤 친구들과 어울리게 될지 궁금했다. 아이들은 유치원 시절부터 고등학교를 졸업할 때까지 늘 제가 속한 학년에서 유일한 한국계 학생이었다. 미국 각지에서, 더러는 타국에서 온 유학생들까지 혼합된 대학에 가서야 큰아이는 한국에서 유학을 온 친구, 자기처럼 미국에서 태어나 자란 중국계 친구, 흑인 친구도 사귀어 어울려 다니게 되었다. 물론 아직도 대학 캠퍼스 풍경을 둘러보면 같은 인종 학생들끼리 무리 지어 다니는 걸 흔하게 볼 수 있다. 겉모습이 다양한 그룹도 없지는 않으나 피부색이 같은 친구들과 어울리는 걸 더 편안해하는 학생이 많은 것이다.

주말을 낀 연휴라 모처럼 여유가 생겨서 나들이 삼아 큰아이를 보러 간 날이었다. 기숙사 앞에 차를 세워두고 기다리는데 건물 안에서 나오는 큰아이의 표정이 밝았다. 시험이 많아 죽을 뻔했다고 엄살을 피우면서도 어딘지 유쾌해 보였는데, 아니나 다를까 다른 학교에 다니는 친구가 놀러 왔었다는 말을 전했다. 중고교 시절을 함께 어울려 다닌 친구 중 한 명이고 사는 곳도 지척이라 서로의 집을 오가며 지낸 사이다. 친구가 다니는 대학도 우리 아이가 다니는 대학과 멀지 않아 연휴 중 하루를 택해 다녀간 모양이었다.

친구와 뭘 했냐고 물으니 대학에서 어울려 다니는 친구 무리와 함께 모여서 게임을 하고 소주를 마셨다고 했다. 요즘은 미국의 일반 주류 취급점에서도 소주를 파는데, 아들은 한 번도 접해보지 못한 소주의 맛을 대학에서 사귄 친구들에게 배웠다. 그 협소한 기숙사 방에서 아들, 아일랜드계 고교 동창 친구, 한국 유학생, 중국계 미국인 친구, 흑인 친구, 백인 친구가 모두 모여 학교 앞 주류 취급점에서 사 온 소주를 마시고 놀았다는 아들의 말이 얼핏 초현실처럼 들렸다.

아들과 고교 동창 친구가 함께 있는 모습으로 내게 익숙한 것은 우리 동네 특유의 전형적 미국 풍경 속에서 백인 친구들과 함께 있는 것이었는데, 그 둘이 낀 자리가 피부색이 다양해진 대학생들로 둘러싸인 곳인 데다가 동원된 소품이 소주라는 게 생경했다. 소주라니, 그건 내가 대학생일 때 엠티를 갔던 강촌의 단체 숙소 방바닥에 놓여 있어야 마땅한 것 아닌가.

아들의 고교 동창 친구는 자폐증이 좀 있어 익숙하지 않은 음식은 손도 대지 않고 아주 편안하게 느끼는 대상이 아니면 눈도 마주치지 않는 성향이었다. 중학교 때 아들과 친구가 되어 생일 때 초대하니까 친구 생일 파티에 초대받는 건 처음이라고 감격했던 아이였다. 그랬던 아이가 친구를 만나러 다른 학교 캠퍼스까지 운전해 찾아오고, 대학에 갈 때까지 백인이 아닌 친구는 사귈 기회가 거의 없었던 내 아이가 머리카락 색깔과 피부 색깔이 다른 친구들과 뒤섞여 소주를 마시고 놀았다는 게 전부 다 내게는 꿈처럼 느껴졌다.

아들을 만나고 돌아오는 길, 주말 저녁이라 그런지 캠퍼스에 돌아다니는 학생들이 별로 눈에 띄지 않았다. 밖에 나와 돌아다니든 기숙사 방 안에 있든, 누군가는 무리 짓고 누군가는 섞여 지내고 누군가는 이러기도 저러기도 할 것이다. 이어 캠퍼스를 벗어나 한적한 농지 근처를 지날 때쯤 서쪽 하늘이 불그스름해지고 있었다. 뒷좌석의 작은 아들에게 "저것 좀 봐. 저게 노을이잖아!"라고 새삼스레 일러줬다. 에어팟을 끼고 있어서 내 말을 대번에 알아듣지 못한 아이는 내가 가리키는 방향을 보고서 아! 하는 표정을 지었다.

작은아이가 최근 좋아하게 된 뮤지션 이름이 '파란노을'이다. 아이가 처음으로 관심을 보인 한국 아티스트인지라 요즘엔 노을만 보면 아이를 떠올리곤 하는데 때마침 장본인이 함께 차를 타고 있었다. 노을을 파랑과 붙이다니, 얼마나 멋진 작명이냐며 아이가 좋아하는 대상을 추켜세우고는 룸미러로 흘끔거리니 아이의 시선이 노을에 오래 머물러 있었다. 나는 아이의 시선 끝에 걸린 것이 한국의 파란노을인지 코네티컷의 붉은 노을인지 가늠해보다가 이내 그만두었다. 그건 어쩌면, 두 노을의 경계 어디쯤일 수도 있으려니 하고.

잡지의 시대가 명중한 것들

폐간된 잡지가 느닷없이 진열대의 잘 보이는 자리에 꽂힌 데에는 이유가 있을 것이다. 〈라이프〉 잡지가 영광을 누리던 기간은 미국인들에게 황금빛으로 기억되는 시대였다. 빛나던 시절에 대한 향수가 의미 있는 사진과 풍요로운 읽을거리를 제공한 잡지까지도 소환해낸 것일까.

나는 약국 계산대 앞에서 차례를 기다리던 중이었는데, 마침 줄을 서 있던 자리에서 손닿는 곳에 〈라이프〉가 꽂혀 있기에 집어 들고 들춰봤다. 특집호라 분량을 제한하지 않고 제작해서 그런지 두께가 만만치 않았다. 〈라이프〉 특집호가 이곳저곳에서 눈에 띄던 상황이었고, 그 잡지가 서점의 진열대에도 약국의 계산대 앞에도 꽂힌 게 예사롭지 않아 보여 손이 간 거였다. 그맘때쯤 관심을 둔 작가 조앤 디디온이 한때 〈라이프〉의 필진으로 활동했다는 사실을 알게 된 것도 호기심이 일어나는 데 일조했다.

조앤 디디온은 대학생 에세이 공모로 자신을 발굴해낸 패션지 〈보그〉를 시작으로, 여러 매체에 문화와 시사를 넘나드는 다양한 소재의 글을 쓰는 삶을 살다가 2021년에 작고한 작가다. 디디온을 알게 된 건 우연히 본 다큐멘터리를 통해서였는데, 문학적 저널리즘을 구현했다는 수식이 따라다니는 작가의 감각적인 문구를 곳곳에 배치해 인물이 지나온 삶의 궤적에서 풍기는 매력을 솜씨 좋게 엮어낸 영상 자료였다.

다큐멘터리 속의 디디온은 글을 쓰는 사람이라기보다 화려하게 보이는 직군의 인물, 가령 디자이너나 배우처럼 보이기도 했다. 옷을 잘 입는 사람인 반면 화술은 어눌하고, 은유를 담되 길이를 절제한 문장으로 대화하는 모습이 인상적이었다.

인스타그램을 하며 자란 젊은 여성들에게 디디온이 문화 아이콘으로 새삼스럽게 등극하고, 디디온의 책을 읽는 독서 모임이 유행하는 뉴욕의 이색적인 신풍속도도 그의 스타일과 무관하지 않을 것이다. 디디온의 생을 조명한 다큐멘터리가 재미있었던 것 역시 디디온이 눈으로 들어와 꽂힐 만큼 '보이는 작가'였던 덕을 무시할 수 없는데, 그 시각적 흥미가 효용이 있었다. 책을 사서 읽고 나자 디디온의 유려하고 독보적인 문장 역시 세련된 겉모습과 내면의 중력 양쪽을 지지대로 삼았기에 태어날 수 있었다는 걸 알게 되었으니까. 대부분의 패션 아이콘들이 죽어도 죽지 않고 영생하는 것처럼, 디디온의 이미지도 지속적으로 소비될 테지만, 그렇다고 그의 스타일이 그의 글을 깎아내리진 못할 것이다. 디디온을 취재한 인터뷰 기사의 사진에 등장했던 셀린느 선글라스와 오렌지색 르크루제 냄비가 경매에서 폭발적 관심을 받는 것과는 별개로, 디디온이 남긴 진품은 말할 것도 없이 문장이다. 아마 그의 글을 읽고 소화한 사람이라면 여기에 이견을 표하진 않으리라고 본다.

디디온이 패션잡지로 데뷔한 건 예쁜 외모를 가진 부잣집 딸 이미지에 상응하는 행보였을지 모르나, 버클리 대학교의 문학도였던 디디온에게 상을 주고 채용한 〈보그〉도 당시에는 알지 못했을 것이다. 훗날 디디온이 정치와 사회를 넘나드는 저널리즘에서 고유한 스타일로 통찰력이 반짝이는 글을 써낼 것이며, 더 먼 미래에는 미국 최초의 흑인 대통령으로부터 인권공로 훈장을 받은 뒤 여생을 마치리라는 것을.

보스턴에 살던 시절이 그리 길지는 않았지만, 그때의 기억을 복원해보면 어느 시절의 단락이나 으레 그렇듯 조금 더 각별하게 남아 있는 것들, 나를 지금의 나로 오게 하는 것에 힘을 보탰달까 싶은 이정표의 조각들이 있다. 콩코드에 갔었던 일도 그 조각의 하나 아닐까 싶다. 콩코드는 보스턴 시내에서 북쪽으로 삼십 분 정도 차를 타고 달리면 도착하는 마을인데, 호젓하면서도 고풍스러운 동네라 미국 문학작품 속에도 종종 등장한다. 기념비적인 작가들이 살았던 동네라는 의미가 커서 지역 행정 차원에서 그 성격을 유지하는 데 노력을 기울이는 곳이기도 하다.

마을은 미국의 19세기 철학자 헨리 데이비드 소로의 오두막과 그의 저서에 등장하는 월든 호수가 있어서도 유명하지만, 당시 그곳을 방문할 때의 내 관심은 소설가 루이자 메이 올콧의 생가에 가 있었다. 《작은 아씨들》의 작가가 살았던 집이 나의 초라한 신혼집 아파트에서 한나절 안에 다녀올 수 있는 거리에 있다는 걸 알게 되었을 땐 당장 달려가 보고픈 마음이 이는 동시에 그 집의 존재 자체가 비현실적으로 느껴지기도 했다. 어린 시절엔 방바닥에 배를 깔고 엎드려 그 책을 읽고 또 읽으면서도 장차 어른이 되어 내가 미국에서 살게 될 줄은 몰랐고, 그 소설의 배경인 동네 근처가 내 미국 생활의 시작점이 될 줄은 더더욱 몰랐으니까.

콩코드 마을의 명소인 루이자 메이 올콧의 생가는 아담하고 소박했다. 근처에는 소설 속 에이미가 스케이트를 타다가 얼음이 깨져 물에 빠지는 에피소드의 배경으로 차용된 호수도 있었는데, 일부러 그렇게 놔둔 걸지도 모르겠지만 방치된 듯 웃자란 덤불로 둘러싸인 그곳도 호수라기보다는 연못이라는 어휘가 더 어울리게 자그마했다.

얼마 전, 유료 구독도 하고 SNS 팔로우도 하는 잡지사 〈애틀랜틱〉의 포스팅에서 올콧과 관련된 내용을 읽었다. 1862년 〈애틀랜틱〉의 사무실로 투고된 올콧의 소설에 관한 이야기였는데, 당시 편집장이었던 제임스 필즈가 그 원고를 퇴짜 놓은 일화를 소개하고 있었다. 필즈는 올콧에게 원고를 돌려보내며 당시의 가치로 꽤 큰 액수였던 사십 달러를 동봉해 편지를 띄웠다. 내용인즉, 당신의 글을 싣지는 못하겠으니, 보내주는 돈을 교육시설 만드는 데 보태고 가르치는 일에 전념하라는 것이었다. 재능을 모욕당한 새내기 작가의 분노가 얼마나 컸을지는 상상에 맡기겠다. 더구나 올콧은 원래 〈애틀랜틱〉의 창업자와 어린 시절 친구로 자란 사이이기도 한 터, 이미 몇 편의 단편소설을 그 매체에 발표한 적도 있었는데, 나중에 편집자가 된 필즈가 올콧의 글을 인정하지 않아 벌어진 일이었다.

이후 올콧이 다른 매체에 실은 글들로 반향을 일으키자 필즈는 그제야 러브콜을 보냈지만 올콧의 분노는 그 정도로 달랠 수 있는 것이 아니었다. 훗날 소설 《작은 아씨들》로 큰 성공을 거둔 올콧은 오래전의 사십 달러를 필즈에게 돌려보내며 그의 어두운 안목을 조롱하는 메모를 첨부해 복수하는 것으로 한을 풀었다고 한다.

현재 내가 구독해 보는 잡지와 유년 시절 내가 사랑한 소설의 작가가 깊은 인연의 애증으로 얽혀 있었다는 사연을 접하니 주변에 희미한 울타리가 생기는 기분이 든다. 내면에서 불거졌다 가라앉는 것들을 기어이 낚아 글이라는 형태로 가공해내려는 사람으로서, 이 일화에 연관된 인물, 사건, 공간, 시간, 우연, 애착, 열정, 과거 그리고 이 순간이 모두 같은 방으로 들어서는 문고리에 손을 대고 있는 듯 느껴지는 것이다.

더 이상 잡지를 보지 않는 시대라고는 해도 현재 미국에는 양질의 글을 싣는 데 집중하며 건재하는 텍스트 기반 잡지가 몇 있는데, 그중 대표적인 매체로 꼽히는 것이 〈뉴요커〉와 〈애틀랜틱〉이다. 〈뉴요커〉는 주간이고 〈애틀랜틱〉은 월간인데, 발행하는 회당 지면의 분량이 비슷하고 모든 분야를 망라하는 다양한 스펙트럼의 글을 싣는다는 지향도 유사하다. 사실 많은 잡지사가 문을 닫고 있는 게 현실이고, 고객 대기실에 깔아둘 잡지가 필요한 사업장이라면 모를까 개인이 잡지를 구독하는 일은 드문 시대다. 그럼에도 〈뉴요커〉와 〈애틀랜틱〉이 위풍당당 버티고 있는 건, 정련한 문장으로 세상의 다층과 입체를 노출하려 애쓰는 필진을 굳건하게 품고 있는 잡지를 지키려는 이들이 곳곳에서 구독과 기부와 후원을 하기 때문이다.

〈뉴요커〉는 얼마 전 이창동 감독의 첫 단편소설을 실어 내보낸 바 있고, 몇 해 전에는 책으로 묶이기 전인 무라카미 하루키의 단편을 미리 소개했다. 〈애틀랜틱〉은 아직 한국에 알려지지 않은 한국계 미국인 작가 폴 윤의 서정적인 단편을, 늦은 감이 있지만 비로소 미국에서도 존재감을 나타낸 나이지리아 작가 벤 오크리의 단편을 싣기도 했다. 현상을 독자적인 시각으로 분석한 글을 써내며 이름 자체가 브랜드가 된 말콤 글래드웰은 〈뉴요커〉의 필진으로 있을 때 세상에 자신의 중력을 각인시켰고, 존엄성을 지키는 노년과 죽음에 관한 책으로 세상을 향해 진중한 메시지를 띄운 의사 작가 아툴 가완디도 〈뉴요커〉의 필진이다. 현재 미국에서 가장 주목받는 저널리스트이자 팟캐스터 중 하나로 꼽히며 부상한 데렉 톰슨은 〈애틀랜틱〉을 베이스캠프 삼아 글을 쓴다.

픽션과 논픽션, 문학과 비문학을 가리지 않고 빛나는 작가들을 발굴하며 건강하게 호흡하는 잡지가 있다는 사실은 얼마나 기적적인 안도를 주는가. 보석 같은 잡지 몇은 명맥을 유지하고 있으니 아직 순정품이 설 자리는 남아 있다고 믿어도 되는 것일까.

언젠가 고 박완서 작가가 전쟁 경험을 우려먹고 살았다고 스스로 냉소하는 걸 읽은 적이 있다. 독자의 눈을 문장에 꿰어 신랄하게 끌고 다니는 작가답게 자기 진단에도 통렬해 탄복했지만, 소설 습작생으로서 은근히 안심도 됐다. 소설가란 경험을 끌어다 쓰고 싶은 욕구와 상상력을 확장하고자 하는 의지 사이에서 갈등하고 씨름하는 사람들이다. 둘 사이의 균형점을 잘 찾아야 흥미와 공감을 양손에 쥐고 이야기를 끌어갈 수 있는데, 소설가가 TV 화면에 쓱 지나가는 유명인 평가하듯 자신의 평생 작업을 그토록 건조하게 표현하니 대단한 경지다 싶어 허를 찔린 기분이었다.

박완서는 효심을 윤리로 주입받고 자란 한국인으로서는 드물게 어머니의 속물성을 묘사해 쓰는 데에도 가차 없었는데, 그런 성정이었기에 자신의 예술적 정체성조차 뚝 깎아내리는 말씀은 눈 하나 깜짝 안 하고 뱉어낼 수 있었는지도 모르겠다. 그는 전업주부로 살다가 마흔의 나이에 늦깎이 소설가가 된 것에도, 신춘문예나 문예지가 아닌 여성잡지 공모전으로 데뷔한 것에도 자격지심이 있다고 밝힌 바 있는데, 그 역시 박완서다운 고백이라고 볼 법하다. 사람이란 흔히 자신을 알아봐준 존재를 띄워서 스스로 가치를 높이려는 태도를 보이기 쉽지만, 박완서의 성정으로서는 그런 식의 자기 위무조차 내키지 않았었나 보다.

아무려나 '교과서적으로' 문학계에 등판했다고 해서 누구나 평생 글을 쓰진 않는다. 예술혼의 아우성보다 밥벌이가 시급해서일 수도 있고, 열정이 한결같지 않을 수도 있고, 지구력이 방전되어 글을 쓰기 어려워질 수도 있다. 출발이 어떠했든 삶을 마감할 때까지 작가로 산다는 것은 여러 가지 이유에서 기적에 가까운 일인데, 박완서는 생의 마지막 시기까지 소설과 산문을 써 남겼고, 그가 일갈했듯 경험을 '우려먹어' 쓴 그의 소설들은 한국의 20세기를 관통한 세대를 기록한 대표성을 지녔다는 점에서 유의미하게 남았다.

1970년 〈여성동아〉를 통해 세상에 나타난 박완서의 소설들을 순차적으로 읽어보면 한국의 근대사 속 평범한 여성의 의식이 시대상을 따라 유기적으로 변화하며 생존하다가 소멸해간 흔적을 고스란히 관찰할 수 있다. 인간사의 단면들을 감수성이나 자아 확대에 기대지 않으면서도 징그러우리만치 낱낱이 써낸 박완서의 소설들은 경험을 바탕으로 한 기록 문학의 성격이 강하기에 더 무거운 존재성을 가진다.

거대 담론을 소재로 삼지 않는다거나 시대의 핵심 인사들을 다루지 않는다는 이유로 여성 작가들의 경험적 소설에 '사변적'이라는 딱지를 붙이기도 한다. 그러나 기발한 상상력이 강점인 소설도 경험에 기반한 소설도 방법론적 갈래로 나뉠 뿐 삶을 이야기한다는 점에서 다를 바 없고, 긴 시간의 단위로 놓고 보면 핍진한 기록적 성격의 소설이 역사의 세밀한 층위를 비춘다는 면에서 엄정한 가치를 지니게 되는 건 부인할 수 없다. 그러니 문학 경력의 출발점으로는 다소 이례적 매체였던 〈여성동아〉가 그 시대 소설 공모전을 실시한 배경이 무엇이었든, 박완서를 발굴함으로써 한국 문학사에 큰 획을 그었다는 점은 자명하다.

세상에는 수많은 잡지가 있고, 대개의 잡지는 주력 분야와 지향점을 두고 만들어진다. 어릴 때 미용실에서 가장 자주 접했던 잡지는 이른바 '여성성'을 전면에 내세워 일상에서 우리가 해결하고 살아야 하는 온갖 소재를 다루었다. 으레 신문사와 연계된 이름이 붙어 있었고, 어쩐지 비하의 뉘앙스와 함께 '여성지'라고 불렸던 그 잡지들이 적어도 나에게는 평소 허락되지 않는 진짜 세상을 엿보는 통로였다.

미용실에 가는 날이면 어른들이 만들어놓은 보호막 바깥을 틈새로나마 접해보는 그 통로가 잔뜩 널려 있었다. 특히 엄마가 파마하는 날이면 그 세상에 오래도록 들어가 있어도 괜찮았다. 광고나 화보를 훌훌 넘기는 것을 넘어 유명 인사의 홍보성 인터뷰나 안쪽 깊숙이 실린 은밀한 성인 소설 같은 것까지 읽을 수 있었는데, 지금 생각해보면 그때 여성지를 통해 접한 총체적인 것들이 지금의 나를 만드는 데 일조한 바가 크지 않나 싶다.

잡지명에 '소년'이라는 어휘가 들어간 어린이 잡지에서 여자 중고생을 대상으로 한 잡지로 건너가는 기간에도 여성지들은 금단의 영역이라는 정체성이 무색하게 방치되어 어딘가 내 손이 닿는 곳에 늘 있었고, 나는 그 잡지들을 훔쳐보면서 미화, 교양, 과시, 포장, 노골, 선정 같은 것들이 집약된 어른 세상의 축소판을 예습했다.

한편으로 잡지는 70~80년대 한국의 조악한 실물 배경 속에서 성장한 내게 미감과 어감의 자극이 되어준 놀이터이기도 했다. 말 그대로 잡다한 걸 모아놓은 간행물이라도 그걸 만드는 사람들은 사진과 디자인, 문장에 눈이 밝은 현업 종사자들이었으니까. 언젠가 한번은 잡지의 첫 페이지부터 마지막 페이지까지 광고 문구 하나까지 그냥 넘기지 않고 유심히 훑는 나를 보더니 친구가 혀를 내둘렀다. 무슨 잡지를 그토록 샅샅이 공부하듯 보냐는 핀잔이었는데, 지금에 비해 읽을거리가 풍부하지 않았던 시절이라 그랬는지 나는 잡지 한 권조차 마르고 닳도록 보고 읽고 써먹었다. 사진과 글자의 계산된 색 조합을 눈여겨봤고, 미용 정보에 실린 내용을 실행해보는 것은 물론이요, 페이지 여백을 메꾸느라 끼워 넣은 삽화 속의 별 의미 없는 배경에 꽂혀 내 방 가구 배치를 바꾸기도 했다. 가성비를 놓고 보자면 정말이지 손해 하나 없이 잡지의 모든 페이지를 다 써먹은 독자였지 싶다.

결혼 후 삶의 배경이 된 미국에서도 몇 가지 잡지를 정기 구독해 보고 살았다. 긴 호흡의 독서로는 한국말로 된 소설책이 일 순위였지만 가까운 곳에서 쉽게 접할 수 있는 미국 잡지는 영어로 소화할 만한 양의 글, 눈을 황홀하게 해주는 패션, 인테리어, 요리, 가드닝, 문화 등의 전방위에서 시각적인 풍요를 주어 유용했다.

지금은 나도 실물 잡지 대신 온라인으로 정보와 눈의 즐거움을 찾는 대세의 물결에 실려 있지만 텍스트 위주의 월간지 하나만은 손에 만져지는 간행물로 구독하고 있다. 아마도 잡지의 시대가 저물지 않기를 바라는 작은 애착의 몸짓일 수도 있겠다.

돌아보면 아주 오래전, 내가 만든 창작물이 최초로 실린 지면도 잡지였다. 기억의 필름 속에는 지금의 나보다 훨씬 젊은 우리 엄마가 들뜬 얼굴로 잡지 하나를 내게 들이밀며 펼쳐 보여주는 장면이 있는데, 거기에 내가 아는 그림이 박혀 있었다. 유치원에서 그린 그림을 엄마가 한 잡지의 독자 작품란에 보냈는데 그것이 채택되어 실린 것이다. 〈엄마랑 아기랑〉이라는 이름을 달아 샘터사에서 대한민국 최초로 발행하기 시작한 육아 잡지였다. 〈엄마랑 아기랑〉이 처음 발행된 때가 1976년 4월이었으니, 잡지 창간 때 만 네 살이었던 나는 한국 최초로 육아 잡지를 구독하는 세대가 키우는 아이인 거였다.

잡지에 실렸던 그림은 액자로 표구되어 한동안 내 방에 걸려 있다가 세월에 쓸려 자취를 감췄는데, 이 모든 일의 매개가 된 그림이라 그런지 지금까지도 그걸 그릴 때의 기억이 선명하게 남아 있다. 유치원 선생님이 내준 그날의 주제는 '풍선 여행'이었다. 열기구를 타고 하늘을 날아다니는 영상을 접한 적이 있었던 모양이라, 나는 도화지 중심에 커다란 바구니가 달린 풍선을 그려 넣은 다음 바구니에 탄 사람들을 그렸다. 나를 투영해 제일 크게 그린 여자애는 머리를 바구니 바깥으로 삐죽이 내밀게 해 반달눈의 웃는 얼굴을 만들어줬고, 여백에는 초록의 산봉우리, 푸른 하늘, 흰 구름 몇 조각을 그려 넣었다. 색동으로 칠한 풍선 가운데는 이름을 적어 넣으려고 칸으로 남겨뒀는데, 내 성자가 자음, 모음, 받침이 수직으로 늘어선 '홍'씨라서 칸의 위아래 폭이 좁아 크레파스를 쥐고 끙끙댄 기억이 지금도 생생하다. 그때를 돌아보니 그 그림이 나의 미래를 예견했던 것처럼 느껴지기도 한다. 풍선 대신 비행기를 타고 이곳저곳을 떠돌다 먼 곳에서 정착해 살게 될 내 운명을 보여준 청사진 같은.

내 그림을 실어준 한국 최초의 육아 잡지를 시작으로, 디지털 시대에도 살아남은 미국의 〈애틀랜틱〉에 이르기까지, 나는 무수한 잡지들과 만나고 이별해왔다. 잡지를 잡다한 것만이 아닌 존재로 만드는 데 일조한 올콧, 조앤 디디온, 박완서는 이제 세상에 존재하지 않는다. 이른바 인공지능과의 공존, 우주로의 이주, 의식 업로드를 논하는 때가 왔다. 어떤 잡지는 살아남았고, 어떤 잡지는 소멸했고, 어떤 잡지는 만질 수 없는 유령이 되어 웹사이트로만 남아 있다. 내가 죽은 뒤에는 어떨까. 잡지라는 명칭이 통용되고 있기는 할까.

숲속의 댄스 클럽

소피의 차는 갈수록 더 어둡고 으슥한 길로 들어가고 있었다. 주변에 보이는 것이라고는 빽빽이 늘어선 나무들의 검은 윤곽뿐이었다. 내가 경로 이탈을 의심하자 소피는 "기다려봐! 이러다 갑자기 짠, 하고 나타난다니까!"라며 빙긋이 웃어 보였다. 소피의 말이 맞았다. 얼마 안 가 내비게이션이 목적지에 다다랐다는 사인을 주었고, 저만치 앞에 희끄무레한 빛이 감도는 지점이 보였다. 불빛이라고는 우리가 탄 차의 헤드라이트밖에 없는 곳을 한동안 달린 끝에, 이렇게 가다가는 정말 깊은 숲에 갇히는 것 아닐까 하는 나의 불안이 소피의 확언조차 희미하게 할 때쯤 목적지가 나타난 것이다.

밤이 내린 숲에서 홀연히 불을 밝히고 묵직하게 서 있는 클럽은 마치 유니콘 같았다. 건물은 '반(Barn)'이라는 간판 명칭 그대로 농장의 축사 형태였고, 빨간 외벽에 까만 지붕이 얹힌 것까지, 여느 미국 축사의 전형적인 모습과 다르지 않았다. 다만 그곳이 건초나 가축을 들이기 위한 용도가 아닌, 춤을 추는 장소인 게 특이했다. 도시의 감각과 자본이 교외의 방치된 축사를 발견해 전원풍 예식장이나 식당으로 변신시켜놓는 걸 인테리어 잡지 같은 데서 본 적은 있지만 댄스 클럽은 처음이었다. 건물 앞에는 흙바닥으로 된 너른 주차장이 있었는데, 주변이 워낙에 깜깜하고 외진 곳이다 보니 그 공터를 밝히는 조명조차 사막의 오아시스처럼 비현실적으로 보였다.

소피는 프랑스어를 까먹지 않으려는 노력의 일환으로 만나는 친구다. 남편의 직장 동료와 친구로 지내는 건 어쩐지 이상한 일이긴 하지만 소피의 경우 이미 오래전에 다른 인연으로 나와 얼굴을 익힌 사이였다. 친구의 친구로 엮여 파티에서 이야기를 나눈 적도 여러 번이고, 아이들이 어릴 땐 도서관의 어린이 행사에서 우연히 만나기도 하는 등 간간이 근황을 나눌 일이 생기곤 했다. 칸 출신인 소피는 프랑스어로 대화할 기회를 찾고 있다는 최근의 내 사정을 전해 듣자마자 고맙게도 직접 연락을 해왔고, 그렇게 우리는 몇 차례 만남을 이어오다가 소피의 새로운 취미인 라인댄스를 함께 해보기로 한 거였다.

소피는 동네 쇼핑몰의 연말 행사에 구경을 나갔다가 클럽에서 홍보차 진행한 이벤트를 통해 라인댄스를 체험하고는 흥겹고 재미있어서 친구들에게 이 취미를 전파하는 중이었다. 이것이 프랑스 여자 소피와 한국 여자인 내가 미국의 컨트리 댄스 클럽을 탐험하기 위해 차를 타고 주 경계선을 넘은 경위였다. 소피의 또 다른 친구인 에델과는 목적지에서 만나기로 했다. 마침 클럽은 코네티컷 동쪽에 사는 우리와 에델이 사는 보스턴의 중간 지점쯤에 있었다.

클럽 주차장에 차를 세운 뒤 밖으로 나와 건물을 배경으로 소피와 기념 셀피를 찍고 있으니 지나던 이가 사진을 찍어주겠다며 나섰다. 까만 라이더 재킷을 입고 은발 섞인 생머리를 길게 늘어뜨린 그는, 우리와 거의 동시에 차를 세우고 안으로 입장하려던 여자였다. 낯선 이의 친절에 반색하며 함께 잡담을 좀 했는데, 여자는 혼자였다. 안에서 만나기로 한 사람이 따로 있는 것도 아니라고 했다. 여자는 매주 금요일마다 메인에서 로드아일랜드인 이곳까지 세 시간을 운전해 온다고 했다. 편도 세 시간의 주행 거리에 놀라워하자, 여자는 어깨를 으쓱해 보이고, 이렇게 재미있는 곳인데 그 정도 거리가 대수겠냐며 힘차게 클럽의 문을 열어젖혔다.

안으로 들어선 순간, 나는 여자의 말을 단박에 이해할 수 있었다. 신나는 음악, 산장처럼 아늑한 조명, 사람들의 활기가 별천지처럼 들어찬 그곳은 고요한 바깥의 풍경과는 완전히 다른 세상이었다. 넉넉한 공간을 확보하고 사는 대가로 고립감을 감수할 수밖에 없는 교외 지역 사람들이 북적이는 저녁 시간을 보내고 싶을 때 필요한 모든 것이 갖춰진 곳이었다. 칵테일 바, 음악, 조명, 댄스플로어, 그리고 안전해 보이는 사람들의 구두굽 소리.

클럽에는 온기를 넘어선 열기가 있었고, 거기로 모여든 사람들은 음악과 조명의 바다에 풍덩 빠져서 단체로 스텝을 밟았다. 누군가는 익숙한 솜씨로, 누군가는 새내기의 서툰 동작으로 춤을 추고 있었는데, 신명 나 보이는 점에서는 누구도 예외가 없었다. 무엇을 입고 가도 상관없지만 텍사스식 챙모자와 카우보이 부츠가 드레스코드인 것은 한눈에 보였다. 나의 첫 라인댄스 체험은 운 좋게도 그렇게 제대로 세팅된 곳에서 이루어졌다.

입장료를 내고 겉옷을 벗어 걸어두는 곳에 들어와 있을 때 에델이 도착했다. 에델은 원래 모로코인이었지만 스페인과 프랑스에서 성장기를 보낸 터라 프랑스어가 유창했다. 아무려나 결혼 후 삶의 터전은 미국이 되었다는 점에서 우리 셋은 같았는데, 그중에서도 나는 오래전에 쓰고 살았던 프랑스어를 끌어내서 더듬더듬 말하는 소수자 그룹 내의 소수자였다. 내 수준의 프랑스어라고 해봐야 유학 시절에 몇 년 익혀 쓰고 살았던 게 전부고, 그마저도 미국 생활을 하느라 확장해야만 했던 영어의 존재감에 눌려 가라앉아 있던 실정이었다. 아마도 나를 배려한다고 천천히 말을 했을 소피는 에델이 도착하자 은연중에 말이 빨라졌고, 나는 음악이 들어찬 클럽의 소음 속에서 퐁퐁 솟아나다 꺼지는 소피와 에델의 말들을 붙잡느라 애를 쓰며 열심히 귀를 기울이고 끼어들었다. 그러다 문득 돌아보니 주변 사람들 몇이 흥미로운 눈으로 우리를 바라보고 있었다. 근방의 사람들이 주로 오는 클럽에서 아시아계까지 낀 비영어권 여자 셋이 프랑스어로 말하고 있으니 시선을 끌 만도 했다.

그걸 의식한 순간, 나는 나 자신이 몇 겹으로 분리된 공간 깊숙이 혼자 들어와 있다고 느꼈다. 겹겹의 비눗방울 안에 서 있는 기분이라고 할까. 클럽이 바깥세상과 그 공간을 분리하는 큰 비눗방울이라면, 프랑스어로 말하고 있는 우리 셋은 또 그 안의 작은 비눗방울 속에 있고, 영어도 프랑스어도 완벽하지 않은 데다 그 장소에서 유일한 아시아계인 나는 더 작은 비눗방울 안에 들어와 있는 느낌이었다.

외국에서 소수자로 살게 되면 속한 집단에서 자신이 이질적이라는 걸 망각할 때가 있다. 그러다 문득 시선의 방향을 스스로에게로 되돌리고 새삼스럽게 자아를 의식하면 돌연 먹먹한 감정에 휩싸이고 만다. 흐릿하게 지워진 나의 윤곽이 다시 또렷해지면서 군중 밖으로 돌출되고, 공간에서 내가 떨어져 나오는 기분이 드는 것이다.

이때도 문득 예의 그 떨어져 나오는 감각이 찾아왔다. 영어가 모국어인 사람들로 들어찬 클럽에서 프랑스어를 하는 친구들과 함께 있던 중 일어난 분리 의식은 평소와 달리 두 겹이었다. 본래의 미국인들 속에서 우리 셋의 윤곽이 불거졌다가, 다시 또 나 한 사람의 윤곽이 셋 중에서 따로 튀어나와 거리감이 가중되는, 묘하기도 외롭기도 또 흥미롭기도 한 독특한 감정.

바에서 음료 한 잔씩을 주문해 마시며 실력자들의 감칠맛 나는 춤 솜씨를 구경하고 있는데 스피커에서 안내 방송이 흘러나왔다. 클럽은 칵테일 바를 중심으로 두 개의 플로어로 나뉘어 있었고, 그중 규모가 좀 작은 플로어에서 초보자들을 위한 댄스 교습이 있을 거라 했다. 우리는 인솔자를 따라 초보자 대열에 끼어 섰다. 부츠 굽이 부딪히면 경쾌한 소리가 나는 나무 바닥, 사슴 박제 벽 장식, 스웨터를 입은 봉제 곰들이 벽난로 주변에 늘어선 통나무집 스타일을 구현한 클럽의 플로어에 모여선 사람들 앞으로 카우보이모자를 쓰고 몸에 달라붙는 청바지를 입은 댄스 강사가 나타났다.

우리는 강사가 또랑또랑하고 경쾌한 목소리로 가르쳐주는 대로 라인댄스의 기본 스텝 몇 가지를 익혔다. 이어 음악이 나오자 다 함께 열을 맞춰 스텝을 밟고, 방향을 틀며 돌아서고, 이리저리 왔다 갔다 제자리로 돌아오며 몸을 놀렸다. 새로운 춤을 배우는 건 실로 오랜만이라 정신이 하나도 없었다. 강사는 반복되는 동작 몇 개를 가르쳐주고 연습시킨 뒤 음악 한 곡을 틀어 춤을 추게 하고, 새로운 동작 몇 개를 더 가르치고는 그걸로 다음 곡을 추게 하는 식으로 강습을 이끌었다. 처음 배우는 것이라 우왕좌왕했지만 충분히 대중적인 동작들이어서 리듬을 타면 금세 즐길 수 있는 게 라인댄스의 장점이었다. 모두가 모여서 매스게임 식으로 추는 춤이다 보니 매주 세 시간을 운전해 와서 혼자 놀고 간다고 해도 이상할 게 없지 싶었다. 춤을 추지 않고 칵테일 바에 앉아 술을 마시며 구경만 하는 사람도 꽤 있는 걸 보면서, 우리네 인간이란 그저 테두리 안에 모여서 남들 노는 분위기를 구경하는 것만으로도 위로받는 존재라는 생각이 들어 짠한 마음이 들기도, 유대감이 느껴지기도 했다.

집으로 가는 길에는 소피도 에델도 주유소에 들러야 했다. 각각 반대 방향으로 가게 될 두 차는 고속도로로 진입하기 전 나오는 주유소에서 다시 만나기로 했다. 어둑하고 고요한 숲길을 빠져나와서 대로변의 환한 주유소에 도달하니 꿈속의 장소에 있다가 깨어난 기분이었다.

시골에 산다는 말을 버릇처럼 입에 달고 살기는 해도 그건 한국의 수도권과 비교해 하는 말일 뿐 사실 우리 동네 정도는 미국 전체를 놓고 봤을 땐 진정한 의미의 시골이라 볼 순 없다. 지척의 거리에 있을 게 다 있고 여름철이면 관광객들이 모여 북적대는 상점가도 있는 곳이니까. 그러나 우리가 갔던 라인댄스 클럽은 고속도로를 달려 주 경계선을 넘고 대로변에서 한적한 주거지로 접어들고도 집들이 보이지 않게 되는 지점의 숲까지 들어가야 나오는 곳이었다. 그토록 깊숙한 곳으로 찾아 들어가 체험한 떠들썩한 밤이 어쩐지 실제 같지 않았다.

소피와 에델은 눈부시게 하얀 주유소 불빛을 받으며 나란히 서서 각자의 차에 연료를 먹였다. 딱히 내릴 필요가 없어 소피의 차 조수석에 앉은 채로 두 사람의 모습을 바라보고 있자니 갑자기 졸음이 밀려오면서 하품이 나왔다. 피곤해지면 급격히 떨어지는 시력으로 멍하니 기다리고 있는 동안 가물가물한 시야 안으로 들어오는 바깥 풍경에 엉뚱한 이미지가 겹쳐 보였다.

더없이 미국적이고 광활한 평지의 밤, 하얀 불빛이 발광하는 주유소에서 흐르는 시냇물처럼 자연스러운 프랑스어로 대화하는 두 친구가 염소를 먹이는 피레네 산맥의 아낙네들처럼 보이기도 하고, 오래전 파리에서 학교 다닐 때 어울려 지내던 미리암과 엘로디가 함께 점심을 먹으며 떠들어댈 때의 재현인 것도 같았다. 하지만 내가 있는 곳은 미국, 심해처럼 검고 고요한 로드아일랜드의 한 지점이었다. 거기엔 인공위성 같은 빛을 내는 주유소가 있고, 나는 차 안에 홀로 앉아 자동차에 기름을 넣는 프랑스 여자들을 보고 있었다. 또다시 하품이 나왔고, 저만치 어딘가에선 상행선과 하행선을 엇갈려 달리는 차들이 공기 찢는 소리를 날려 보냈다. 현실에 발을 붙이라는 신호처럼 선명하고 실물적인 소리였다.

주유가 끝나고 이윽고 작별 인사를 나눌 차례라 나도 밖으로 나왔다. 프랑스식으로 뺨을 대고 미국식으로 포옹해 마무리하는 절차가 지나가고, 두 차에 나란히 시동이 걸렸다. 그렇게 우리는 양방향으로 갈라져 고속도로에 빨려들었다. 에델은 매사추세츠, 소피와 나는 코네티컷 쪽으로.

점잖게 또는 거칠게

창을 등지고 선 니콜라스는 마치 고전극을 연기하는 배우 같았다. 그가 그리스 출신이라는 정보가 은연중에 나의 의식을 지배하고 있어서 그랬는지, 레스토랑의 실내장식이 운영자의 의도와는 상관없이 주술적 인상을 머금고 있어서 그랬는지, 쉴 새 없이 말 폭포를 쏟아내는 모습이 흡사 황혼 무렵의 신전 앞에서 서사시를 읊어대는 사람처럼 보이기도 했다.

하지만 그곳은 멕시칸 식당이었고, 니콜라스는 그리스 서사시를 읊는 게 아니라 정신 줄 놓고 자기 아들 흉을 보는 중이었다. 눈인사만 하고 지나갈 줄 알았던 니콜라스가 뜻밖에 우리 테이블로 와서 말문을 터뜨린 상황이었기에 나도 남편도 잠깐 앉겠냐고 권유하는 것조차 잊고 있었다. 우리는 장신에 거구인 그가 창을 가리고 서서 끊임없이 쏟아내는 이야기를 얼이 빠져 듣느라 목이 꺾일 지경이었다.

니콜라스는 이 동네에서 작은 사무실을 운영하는 변호사인데, 한집에 사는 아내와 자녀 외에도 일가친척 상당수가 근방에 모여 살아서 지역 사회에 인맥이 많았다. 그런 사람이 어찌된 일인지 평일 저녁의 동네 식당에서 혼자 저녁을 먹고 있었는데, 그날 우리 가족은 그 식당에 밥을 먹으러 갔다가 니콜라스를 발견하고는 저만치에서 표정과 손짓으로만 인사를 나눈 참이었다.

니콜라스 내외와는 아이들 어릴 때 학교 행사나 생일 파티 같은 데서 면을 익혔을 뿐 그 집 일가가 평소 우리에게 별 관심이 있는 것 같지는 않아서, 자주 마주치는 편인데도 대개는 무덤덤하게 인사만 하고 지나가는 사이였다. 그런데 그날은 평소와 달리 니콜라스가 식당을 나가려다 말고 우리 테이블로 와서 말을 붙이고는 넋두리인지 하소연인지를 늘어놓은 것이다.

우리 큰아이와 초등학교 시절 잠깐 친하게 지내기도 했던 그 집의 둘째 아들이 푸념의 대상이었다. 언제부터인가 케이팝에 홀라당 빠져든 아들이 한국어 배우는 데 열을 올리는 걸 지켜볼 때까지만 해도 별생각이 없었는데, 요즘에는 거기서 더 나아가 진로 자체를 한국 연예계와 관련해 모색하고 있으니 속이 터진다고 했다. 그 아이가 원래부터 음악에 열정을 쏟으며 청소년기를 보낸 것은 우리도 알고 있었다. 학교 행사로 열린 콘서트에서 스스로 작곡한 곡을 선보이기도 했던 중고교 시절 모습을 기억하고 있으니까. 아들의 행보가 철딱서니 없다며 혀를 차는 것으로 시작한 니콜라스의 목소리는 점점 더 톤이 올라갔고, 급기야는 우리에게 하지 않아도 좋을 말을 내뱉는 데에까지 이르렀다.

"당신들한텐 미안한 말이지만, 솔직히 한국에 뭐가 있어야 말이죠. 그 자그마한 나라 언어 할 줄 안들 그걸로 뭘 하냐고요. 중국이면 규모도 크고 경제적으로도 비전이 있으니 이해가 가요. 일본은 문화가 있으니 그럴싸하고. 근데 느닷없이 왜 한국에 빠져 저러는지 알 수가 없어요. 뭐 케이팝, 요즘 유행하니까 좋아하는 것까지야 이해하겠는데, 그 작고 먼 나라의 연예계에 꽂혀서는 그 바닥에서 밥벌이할 생각을 하니 어이가 없잖아요? 나 참 답답해서 원. 또래 아이들은 지금 의료계니 공학계니 하는 실용 학문 쪽에서 어떻게든 먹고살 궁리를 하고 있는데 대학생씩이나 된 애가 별 존재감도 없는 나라의 연예계에 꽂혀서 대책 없는 꿈이나 꾸고 있으니 한심하기 이를 데가 없어요!"

나와 남편, 그리고 작은아이는 자리에 앉은 채 그를 멀거니 올려다보기만 했다. 자식의 진로와 관련한 염려야 이해되기는 해도, 한국 출신인 우리 기분을 배려하지 않은 채 필터도 거치지 않고 내지르는 말이 유쾌할 리 없었다. 실은 바로 직전, 그의 말이 생각보다 길어지는 걸 보고 자리를 권하지 않은 게 마음에 걸려 뒤늦게라도 앉으라고 할까 망설이기 시작한 차였다. 그러나 그의 무례한 언사를 듣고는 동석할 마음이 싹 가셨고, 그때부터는 그가 얼른 가주었으면 하면서 잠자코 듣기만 했다.

그 집 사람들과 마지막으로 대화해본 것이 오래전이기 때문에 우리가 한국 사람인 것을 잊었나 하는 생각도 잠깐 들었는데, '당신들한텐 미안하지만'이라는 연막까지 깔면서 이야기한 걸 보면 기억은 하는 모양이었다. 그러나 나도 남편도, 자기 의견만 쏟아내는 사람과는 반박도 논쟁도 피하는 성격이라서 식당 창과 우리 테이블 사이를 막고 펼치는 니콜라스의 모노드라마가 얼른 끝나기만을 기다렸다. 밥을 먹으러 나갔다가 뜻밖의 사람에게서 괜한 분풀이를 당한 격이었다.

어찌 됐거나 니콜라스가 거친 화법으로 거론한 동북아시아 삼국의 특징, 즉 미국인들이 중국, 일본, 한국을 어떤 식으로 인식하는지에 관한 주제는 흥미로운 것이어서 사견을 덧붙여 남편과 이런저런 이야기를 주고받고 있는데, 뒷좌석에 앉은 아이가 끼어들었다.

"사실 요즘 많은 미국인이 대개 그런 식으로 의식하기는 해요. 그러니까 중국은 경제(Economy), 일본은 문화(Culture), 한국은 오락(Entertainment)으로."

아이의 말에 잠시 허를 찔린 느낌이 들기도 했는데 한편으로는 그럴 수도 있겠다 싶었다. 자동차, 전자 제품, 반도체 등의 제조업을 통해 한국 기업이 알려진 것도 간과할 수는 없지만, K 마크를 선봉에 세워 한국의 이모저모를 노출하고 관심도를 유발해내는 데 결정적 역할을 한 건 연예 오락 분야의 창작물이니까.

음악이나 드라마, 영화 등이 주목받는 걸 보면서 한국인들은 '문화'를 퍼뜨리고 있다고 여기지만, 문화 인식이란 으레 역사를 기반으로 한 지속성이 동반되어야 깊숙한 곳까지 흡수되는 정서이기도 하다. 휘발성 강한 연예 콘텐츠만으로 한국의 문화 이미지가 풍요해졌다고 보는 건 공허한 확대 해석일 수도 있겠다는 생각이 들자, 니콜라스나 아이가 한 말이 일면 이해가 되기도 했다.

반면, 돈이 흐르는 방향은 대중의 인식보다 기민한 속도를 내기도 하는 터, 적어도 비(非)서방 세계에서 돈줄의 흐름을 만들기 위해서는 한국이 요긴한 것을 부정할 수 없는 모양인지, 왕년에 아시아인들을 얕보던 외국 기업이 판세를 읽고 드러내 보이는 면모는 좀 얄밉다.

내가 이십 대를 보낸 90년대 유럽의 대도시에는 일부 한국 유학생들 사이에서 암암리에 알려진, 좀 특별한 단발성 아르바이트가 있었다. 현지 체류자들과 유학생들이 보는 교민 생활정보지에 '용모 단정한 젊은 여성'을 원한다는 구인 광고를 통해 노출되었는데, 조건 문구 때문에 얼핏 밤업소 일일 수도 있겠다는 인상을 주지만 실은 명품 핸드백 구매 대행 아르바이트였다. 고가품을 파는 매장에 드나들어도 무리 없을 외모의 아르바이트생들을 집결시켜 매장 근처 어딘가에서 현금을 나눠준 다음 핸드백을 사서 나오게 하는 일이라고 했다. 아르바이트생들이 핸드백을 사서 나올 때까지 업자는 근처에 세워둔 차에서 기다리고 있다가 물건을 건네받은 다음 일당을 지급했다. 식당 서빙이나 아기 돌보기 같은 일에 비하면 특별한 노동력이 들지 않는 비교적 '손쉬운' 아르바이트인 셈이었다.

"와, 근데 손에 돈다발이 쥐어지니까 잠깐이었지만 이거 갖고 튈까 하는 생각이 다 들더라니까!"

그런 아르바이트가 있다는 걸 알려준 친구가 한 말이었다.

물론 농담이었겠지만, 세상을 조금 더 알게 된 지금에 와서 돌이켜보면 얼마나 위험천만한 생각이었는지 등골이 다 서늘하다. 90년대 중후반의 한국에서는 경제 활황 분위기를 타고 소위 '명품'이라는 카테고리로 분류된 디자이너 브랜드의 핸드백 수요가 급상승하고 있었다. 압구정동과 청담동을 중심으로 노골적인 홍보가 밀려들면서 국내에서도 붐이 불었고, 더 다양한 제품을 더 저렴한 가격에 살 수 있다며 유럽을 여행할 때 핸드백을 사서 돌아가지 않으면 큰 손해를 보는 것으로 여기는 분위기가 번지고 있던 시기이기도 했다.

파리나 밀라노 같은 유럽 대도시의 고가 브랜드 매장 앞에는 핸드백을 사기 위해 진을 치고 선 아시아인들이 점점 늘어났다. 고객 응대의 질은 떨어질 수밖에 없었고, 매장 내 서비스가 거칠어지는 것도 있을 법한 일이었다. 하지만 그것이 매장 직원들이 드러낸 불친절의 핵심은 아니었다.

그렇게 몰려와 물건을 사 가는 아시아인 구매자의 상당수가 불법 상거래에 연루되어 있었고, 매장 측이나 본사 측도 그 사실을 모르지 않았다. 짝퉁을 만들어 팔기 위한 샘플 확보를 위해 정품을 구매하는 사람, 인기 품목을 싹쓸이해 자국의 암시장에서 웃돈을 얹어 파는 사람이 아시아계 고객 중 다수 섞여 있었으니 고가의 물건을 다루는 매장 직원들의 경계와 홀대에도 나름의 명분이 있기는 했다.

친구가 했던 구매 대행 아르바이트는 유럽의 매장에서 사들인 정품 핸드백을 중국에 보내 웃돈을 붙여 되파는 업자들이 기획한 일이었다. 불법적인 일 주변이 으레 그렇듯 범죄 조직이 엮여 있을 가능성이 큰데, 친구가 농담으로 한 말이긴 하지만 그런 사람들의 돈을 들고 도망갔다가 잡히면 어떤 고초를 겪을지 상상만 해도 소름이 돋는다.

당시 나는 근근이 살던 유학생이라 고가 브랜드의 핸드백을 살 생각은 꿈도 꾸어본 적이 없었던 데다가 판매 직원의 얕보는 눈초리까지 참아내면서 물건을 산다는 건 이해할 수 없는 일이라 여겼다. 그런데 유학을 마치고 귀국했더니 주변 사람들의 소비 규모가 놀라우리만치 팽창되어 있었다. 경제 수준과는 별도로 명품 핸드백을 사서 들고 다니는 사람들이 흔해졌고, 90년대 후반부터는 노골적으로 고가의 핸드백을 열망하는 분위기가 되어 있었다.

사회 이슈와 분위기를 따라 명품 소비도 하락과 반등의 물결을 타긴 하지만 얼마 전 한국의 1인당 명품 소비량이 세계 최고라는 기사가 나온 걸로도 증명되었듯 한국 사람들의 고가 핸드백 사랑은 쉽게 꺼지지 않는 불꽃처럼 보인다. 아시아인들에게 물건을 팔면서도 고압적 자세를 취하고 멸시했던 유럽의 디자이너 브랜드들은 요즘 한국의 연예인들을 전속 모델로 적극 활용해 친(親)아시아 시장의 비위를 맞춘다. 패션지 화보마다 금발의 백인 모델을 내세워 이미지를 만들어 팔던 과거와 비교하면 판이한 풍경이 아닐 수 없다.

벌써 몇 해 전의 일이 되었는데, 여럿이 만나는 모임에 메이라는 친구가 멋진 가방을 메고 왔었다. 본래 태국인인 메이는 유학생으로 미국에 왔다가 공부보다는 장사에서 소질을 발견해 돈을 많이 벌었다. 워낙에 멋 내는 걸 좋아하는 친구라 근사한 물건을 많이 가지고 다녔는데, 그날 들고 온 가방은 유독 내 마음에도 들어서 눈길을 끌었다. 입은 옷과 어울리게 꾸민 감각이 돋보여 찬사를 보내주었더니 메이가 브랜드명을 알려주며 속닥거렸다. 알고 봤더니 명품 중에서도 최고가로 알려진 브랜드의 제품이었다.

"살까 말까 하다가 로고 안 붙어 있어서 샀어. 명품에 환장한 동양 여자로 보이면 좀 그렇잖아!"

메이의 심리를 알 것 같아 공감의 의미로 웃어주긴 했는데 뒷맛이 조금 씁쓸했다. 그렇게 돈을 벌었어도 소수자의 자격지심을 벗어나긴 어려운 건가 싶어서였다. 이 지역에서는 명품 핸드백을 들고 다니는 여자가 거의 눈에 띄지 않는다. 나처럼 그만그만하게 사는 보통 사람들의 동네는 물론이거니와 메이가 사는 부자 동네에 가봐도 마찬가지다. 커다란 저택에, 부둣가에 대놓은 날렵한 요트까지 소유한 재력가들인데도 겉으로 보이는 차림새는 대개 소탈하다. 물론 대충 입은 것으로 보이는 옷이 실은 값나가는 제품인 경우도 있지만 전반적으로 이 지역은 차림새로 부를 드러내는 분위기가 아니다.

이 때문에 외모 자체로 눈에 띄는 아시아계 사람들이 고가 브랜드 로고가 드러나는 물건을 몸에 두르고 힘줘서 꾸미고 다니면 한결 생경해 보이는 걸 부정할 수가 없다. 몸에 두르는 것보다는 호화 요트나 전문가를 고용해 꾸민 저택의 조경이 플렉스인 동네에서 아시아계 여자가 명품으로 치장하고 다니는 걸 부끄러워하는 내심에는 졸부로 보이기 싫은 이민 1세의 조바심 같은 게 들어앉아 있는 것이다. 이것은 갑자기 돈을 번 사람이 노골적인 과시욕을 발산하는 경우에 비해 좀 더 내밀하고 섬세한 감정인데, 내가 사는 지역처럼 미국의 전통적인 부자들이 섞여 있는 곳에서 지내다 보면 더 기민해질 수밖에 없는 이민자의 다층적 콤플렉스이기도 하다.

앞서 적어두었듯 메이가 문제의 그 멋진 핸드백을 들고 나타나 내심을 내비친 날도 벌써 십 년은 된 것 같다. 요즘의 메이는 그때와는 또 다르다. 메이의 SNS에는 화려한 것을 좋아하는 성향이 한껏 드러난 포스팅이 줄지어 올라온다. 그새 몇 곱절 더 번창한 사업은 메이를 지역 사회의 행사에 귀빈으로 초대받는 VIP로 격상시켜놓았다. 더 나아가서는 뉴욕에서 열리는 태국인들의 셀럽 파티에 성공한 교민 사업가로 초대받아 반짝거리는 의상을 입고 등장하기도 한다.

이제 메이는 성향대로 마음껏 부를 드러내는 자유를 누린다. 더러는 화려하게도 더러는 털털하게도 꾸미면서 눈치라는 코르셋을 벗어던질 수 있게 된 것이다. 재력의 규모가 기준치를 넘어 어느 지점에 다다랐을 때, 말하자면 이민자나 소수자라는 특징조차 뭉개버릴 정도로 지역 사회 안에서 중요한 인물로 등극하는 수준까지 다다르면 성향대로 살 수 있을 만큼 당당해지는 것일까. 더 이상 남의 시선에 구애받지 않고 취향을 자신만만하게 드러내 보이는 메이의 포스팅을 구경할 때마다 드는 생각이다.

미국에서는 5월의 둘째 주 일요일이 마더스 데이이다. 마침 한국에서 놀러 온 조카도 있어서 겸사겸사 좀 좋은 호텔 식당을 찾아가 마더스 데이 기념 브런치를 했다. '오션하우스'라는 고풍스러운 이름을 가진 이 호텔은 미국의 10대 아름다운 호텔로 꼽히는 곳인 데다가 성수기에는 하루 숙박비가 천 달러를 훌쩍 뛰어넘는다. 다만 식당 음식 값만은 일반 레스토랑 가격대라서 기분 내고 싶을 때 식사하러 가기에 큰 부담은 되지 않는다. 호텔의 역사가 깊고, 동네 자체가 고급 저택이 즐비한 곳이라 좀 위화감이 들기는 하는데, 워낙에 이 근방의 상징적 명소이기도 해서 지인들의 모임 장소로 이용되기도 하는 등 드나들 일이 더러 생긴다.

이 호텔의 테라스에 나가면 우아한 기둥들 사이로 바다가 병풍처럼 펼쳐지고, 거기서 오른쪽으로 고개를 돌리면 테일러 스위프트의 저택이 이웃해 있다. 복도에는 세련된 안목으로 고른 지역 미술가의 그림이 즐비해 갤러리를 지나는 듯한 기분을 주고, 로비의 그랜드 피아노 앞에는 낙천성이 표정에 깃든 뮤지션이 앉아서 듣기 편한 재즈를 연주한다. 외부는 바다 배경과 어울리는 각종 꽃과 관목으로 세심하게 디자인해 가꾼 정원과 계단, 해변풍 미감의 고급 아웃도어 가구가 완벽히 조화를 이루고 있다.

미학적으로 한 치의 흠도 없는 이 풍경의 결정체는 정원에 있는 크리켓 경기장인데, 초록색 카펫처럼 곱게 다듬은 잔디 위에서 하얀 폴로셔츠 차림으로 크리켓을 즐기는 투숙객을 보고 있노라면 어쩔 수 없이 무지무지한 이질감이 찾아온다. 이곳의 풍경은 뭐랄까, 미국의 다른 지역 부촌보다도 훨씬 더 근원적이고 요란하지 않은 부티, 한마디로 오래된 돈의 냄새를 풍긴다. 우리는 모두 다 이 호텔만큼이나 옛날부터 부자였어,

하는 느낌이랄까. 바로 그 다른 세상 분위기의 이질적 판타지가 오션하우스의 마케팅 전략이기도 하겠지만, 이곳의 직원들은 고급스러움의 끝판왕을 표방하는 서비스가 대개 그렇듯 방문자 모두에게 말할 수 없이 상냥하고 친절하다.

그런데 언젠가부터 오션하우스의 식당에 갈 때면 기묘한 기분이 들고 있는데, 그건 바로 그곳의 서빙 직원들과 손님들의 인종 구성 때문이다. 십 년 전만 해도 이 식당 서빙 직원의 인종 구성은 지역 내 인종 비율 평균과 비슷했는데, 요즘은 대부분이 아프리카계, 아시아계, 또는 영어가 어눌한 무슬림계다. 그에 반해 앉아서 밥을 먹고 있는 손님은 전부, 모두, 백인이다. 잘 차려입고, 직원들에게도 더없이 점잖게 대하는 교양미 넘치는 사람들.

손님 중 우리만 유일하게 백인이 아닌 곳에서, 우리처럼 생긴, 또는 우리만큼 이 나라에서 소수이거나, 어쨌든 주류라고 볼 수는 없는 사람들의 서비스를 받으며 식사하는 도중 불편한 감정의 윤곽을 애써 모른 척하고 있었는데, 큰애가 한마디 했다. 꼭 이렇게 고급스러운 곳에 와야 할 필요가 있나 싶다고. 애들도 좋은 게 좋은 줄 안다. 근사한 분위기 즐길 줄도 안다. 하지만 입으로 꺼내 말하지는 않았더라도, 큰애가 정말로 불편해했던 건 식당 직원들과 손님들의 완벽한 인종 나뉨 때문이라는 것을, 나는 안다. 우리가 그 식당의 식사비를 감당할 능력과는 별개인 이 꺼림칙한 기분의 잔재가 주말이 지나고 월요일이 왔을 때까지도 내 머릿속을 지배하고 있었다. 그곳을 앞으로도 갈 것인가 말 것인가 하는 질문과 함께.

오션하우스에서 식사를 한 뒤 오후 일정으로 찾아간 곳은 한창인 젊은 아이들이 레저로 즐길 만한 것들이 있는 장소였다. 아이들과 조카는 새가 된 기분으로 상공을 나는 집라인 체험과 레이스 카트의 스피드를 즐긴 덕에 금세 기분을 바꾼 것 같았지만, 나는 오션하우스에서 느꼈던 것들에 꽤 오래 붙들려 있었다. 미국에서 태어나 미국인으로 교육받고 자란 내 아이들이 거기서 빨리 벗어난 건 어쩌면 이민 1세대인 나보다 이 나라에 대한 주인 의식이 커서일지도 모른다. 나보다는 '미국적인' 존재들이라 그 기묘한 소외감에서 쉽게 빠져나온 거라면 다행일 수도 있겠다. 하지만 본래 백인이 주류였던 서양 문화권에 살면서 무방비 상태로 맞는 피해 의식의 감정을 처리할 때마다 내가 감당하는 진동은 쉽사리 잦아들지 않는다. 극복했다고 여기지만 실은 그렇지 못한 걸 깨닫고 당황하기 마련이니까.

이제 이곳에서 산 세월이 꽤 되어서 어쩌면 나는 현재 미국을 가장 익숙하고 편한 거주지로 느끼고 있는지도 모른다. 이방인의 서늘한 감정에 휩싸일 때만 제외하면. 오션하우스처럼 쾌적하고 점잖은 장소에서 누군가의 악의 없이도 돌연 휩싸이게 되는 감정, 동네의 소탈한 멕시칸 식당에서 그랬듯 미숙한 이의 직설적인 화법에 긁히는 감정에는 어떤 차이가 있을까.

나를 둘러싼 이 모든 상황과 감정의 그물에서 벗어나 자유로워진다는 건 어떤 상태인 걸까. 그곳이 과연 내가 다다를 수 있는 지점이기는 한 걸까. 획이 굵은 질문이 대개 그렇듯 선명한 답은 아득하기만 한데, 알면서도 멈추지 못하는 이방인의 마음속에선 늘 질문이 적힌 깃발이 나부낀다. 바람의 세기에 따라 다른 몸짓으로 흔들리면서.

책방의 언니들

여러 해 전의 어느 화창한 날, 친구와 점심을 함께 먹으려고 만났을 때였다. 그날 친구는 어떤 작가로부터 친필 사인을 직접 받아 그 자리에서 책을 샀다면서 내게 보여주며 자랑했다. 산책도 할 겸 일부러 좀 일찍 나와서 약속 장소인 레스토랑 주변을 거닐다가 서점에 들렀는데, 입구에서 한 여자가 쿠키 접시를 내밀어 권하면서 상냥하게 말을 걸었더랬다. 본인이 집에서 직접 구워 온 쿠키라고 했고, 최근 출간한 소설 홍보차 서점을 돌며 판촉 활동을 하는 중이라고 했다. 책을 쓴 저자를 대면해본 게 처음이었던 친구는 반색하며 쿠키를 집어 먹었고, 저자로부터 소설에 관한 이야기를 들으며 사인본을 산 것이었다.

서점은 우리 동네 중심가의 오래된 명소로, 아름다운 문구용품이며 개성 돋보이는 서적을 꽤 갖추고 있어서 지역민들에게 사랑받는 곳이다. 규모가 작은 서점이라서 친구는 저자와 넉넉한 시간을 갖고 대화를 나눌 수 있었는데, 그가 한국계라는 말에 반가워서 내 이야기를 꺼내며 수다를 떨었다고 했다. 소설을 쓰는 한국인 동네 친구가 있다고. 하지만 당시의 나는 공모전에서 상을 받아 단편 하나를 발표했을 뿐, 써놓은 장편소설을 책으로 내줄 출판사를 찾지 못해 고전 중이라 나 자신을 작가라고 여기지도 못하던 처지였다.

나는 책을 다 읽으면 빌려주겠다는 친구의 말을 듣는 둥 마는 둥 하면서, 친구가 보여주는 사인본을 복잡한 심경으로 넘겨봤다. 예술가라면 누구나 거치게 되어 있는 갈등과 인내의 터널을 무사히 통과해 결실을 볼 수 있었던 점도 부러웠고, 거기에 더해 어릴 때 이민을 와서 문학 수준의 영어 문장으로 소설을 쓸 수 있다는 점에도 선망의 감정이 일었다. 영어로 된 텍스트가 더 넓은 독자 시장에 일차적으로 다가갈 수 있다는 건 부인할 수 없으니까.

그 후 얼마 있다가 보스턴에 갈 일이 생겨 이곳저곳을 둘러보던 중 하버드 대학 앞 서점의 보기 좋은 자리에 그 책이 진열되어 있는 걸 발견했다. 세상에서 제일 유명한 대학가의 서점에서 대접받고 있는 책을 본 나는 곧 그 저자가 유명해지리라는 걸 직감했다. 비녀를 꽂은 머리에 한복 차림을 한 여자의 삽화가 표지를 장식한 그 책은 《파친코》였고, 우리 동네 서점에서 직접 구운 쿠키를 대접하며 내 친구와 정담을 나눴던 사람은 이민진 작가였다.

《파친코》가 애플TV의 드라마로 제작되어 출시를 앞두고 있을 때, 친구는 내게 트레일러 영상 링크를 보내며 흥분을 감추지 못했다. 이전에 친구는 나와 함께 극장에서 〈미나리〉를 본 걸 계기로 한국계 감독이 만들고 한국 사람들이 나오는 영화를 처음으로 접했는데, 거기에서 봤던 윤여정 배우가 〈파친코〉에 나온다니 더더욱 신기한 모양이었다. 오다가다 드나드는 동네 서점에서 장차 유명 인사가 될 소설가를 만나 이야기를 나누고 초판 사인본을 사는 경험이 흔하다고 볼 순 없으니, 친구로서는 멋진 추억 하나를 간직하게 된 셈이다.

꼭 우리 동네 서점이 아니더라도 보스턴 일대의 뉴잉글랜드 지역엔 고풍스러운 서점이 드물지 않다. 미국이라는 나라의 이민 역사가 시작된 곳이라는 상징성과 자부심을 바탕으로 오래된 것들의 매력을 돋보이려는 노력이 지대한 곳이라 프랜차이즈 상점 같은 건 아예 발도 붙이지 못하게 지역 행정 차원에서 규제로 묶어둔 작은 마을이 곳곳에 있다. 미스틱 리버를 따라 골동품 요트가 떠다니는 우리 동네 중심부도 그런 차원의 보호 구역이라 상점가에는 대기업에서 운영하는 가게 간판이 없다. 대형 서점 브랜드가 미 전역 곳곳에 점포를 늘려가고 있던 때에도 동네 서점이 살아남을 수 있었던 이유다. 다른 곳에 없는 것이 있고, 있는 것이 없는 동네는 여행자를 끌어들이는 매력을 갖게 되는 법이라 그곳에 있는 서점에도 독자적인 표정이 생긴다. 여행자 감성에 젖은 외지인들에게는 도서 구매욕을 일으키는 낭만의 장소로, 슬리퍼를 끌고 마실 나간 지역민들에게는 '기왕이면 이곳에서' 책을 사려는 애향의 마음을 끌어내는 소매점으로 건재하게 되는 것이다.

나는 외로운 기분에 휘둘릴 때면 서점에 간다. 서점이라는 곳은 사람에게서 위로받기 어렵다고 느낄 때마다 무너진 마음으로 찾아가던 곳이었다. 나는 학창 시절이 괴로웠다. 죽고 싶다는 생각을 자주 했고, 지금 돌아봐도 그 시절 기억의 페이지 곳곳에서 다양한 색채와 냄새를 지닌 우울의 기운이 훅훅 끼쳐나온다. 왜 그랬나 따져보자고 들면 딱히 이유가 없기도 하지만, 사소한 모든 게 이유이기도 했다.

우리 집은 통상의 기준으로 볼 때 특별한 문제가 없는 가정이었지만 나는 가족 중 누구와도 말이 통하지 않는다고 여기며 마음을 닫아두었고, 매사에 불안해하며 사람을 신뢰하지 못했다. 섬세하지 못한 게으른 어휘에 치를 떨었고, 세속적인 성정을 드러내며 거칠게 처신하는 이들을 혐오하느라 나를 낭비했다. 비틀린 내면의 근거, 그러니까 내 염세에는 세상으로부터 납득받을 명분이 없었다. 그러나 누가 뭐라든 내가 느끼기엔 사방이 싫은 것으로 가득 차 있어서 매사에 삐딱했다. 한마디로 회색 구름이 잔뜩 낀 채 성장기의 후반부를 보낸 것이다.

어두운 우물 속으로 떨어진 마음을 끌어 올릴 기운이 도저히 나지 않을 때, 나 빼고 모두가 웃고 있는 것처럼 보일 때, 가족도 친구도 내 편이 아니라고 느껴질 때면 광화문 교보문고에 갔다. 중고교 시절에는 버스를 타고, 대학 시절에는 지하철을 타고 갔다. 지금이야 교보문고가 이곳저곳에 지점을 두고 있지만 당시만 해도 본점만 있을 때라 교보문고라면 광화문이었다.

책 속에 길이 있다든가, 문장이 주는 위로 같은 개념이 입력되지도 않았던 시절인데 왜 책이 있는 곳으로 간 걸까. 게다가 왜 하필 동네 서점이 아닌, 시내 한복판의 대형 서점으로 가야 했을까. 무겁고 딱딱한 것이 들어찬 마음에 시달리며 버스나 지하철에 몸을 실었던 당시의 기분을 더듬어보면, 무수한 책과 익명의 사람들 속에서 우회적 퇴로를 발견하리라는 막연한 기대감이 있었던 것 같다.

어떤 교통수단을 이용했든 도착한 뒤에는 늘 지하도를 통해 교보문고에 들어갔는데, 인파에 섞여 땅속의 회색 통로를 걷다가 서점의 유리문을 통과해 들어가는 순간 시야를 밝히던 레몬색 조명과 훅 끼쳐 오던 인쇄물의 냄새는 지금까지도 떠올리는 즉시 생생하게 입체화된다. 주춤주춤 안쪽으로 걸어 들어가 손 닿는 곳에 진열된 문방용품 같은 것에 눈길을 주고 만지작거리기도 하는 등 매장에 녹아드는 과정을 지나면 결국 소설 코너에서 발길이 멈췄다.

거기서 어깨를 나란히 하고 빽빽이 꽂힌 소설책들을 손끝으로 쓸어보다가 관심 가는 걸 뽑아 들고는 적당한 구석에 주저앉아 읽었다. 골라 본 책 중 끝까지 읽고 싶은 걸 찾으면 십 대 때는 한 권, 돈이 좀 더 있었던 이십 대 때는 서너 권씩 사서 나왔다. 책을 담은 비닐봉지를 들고 버스나 지하철에 몸을 실어 돌아가는 길에는 내 껍데기 안쪽의 공기가 바뀌어 있는 걸 알 수 있었다. 새로 산 책을 읽고 싶다는 기대가 찰랑대는 마음에서는 좋은 냄새가 났다. 방구석에 구겨져 있던 이불을 햇볕에 널었다 거둬들일 때처럼 따뜻하게 소독된 냄새가 내게 새로운 에너지를 줬다. 그 냄새의 효용을 알게 된 나는 종종 교보문고를 치료제로 써먹었다. 친구와 다퉈 냉전 중일 때도, 연애가 실패로 끝났을 때도, 선물을 살 일이 있을 때도, 유학을 마치고 돌아와 시간강사를 하며 수업 자료가 필요할 때도 교보문고를 헤매고 다녔다.

그러다 서른에 결혼했고, 남편이 미국에서 유학 중인 사람이었기에 자연스레 한국을 떠나 살게 되었다. 당시만 해도 나는 미래의 내가 글을 써서 책을 내게 되리라고는 예상하지 못했다. 공모전에서 상을 받고, 산문집을 내고, 장편소설을 내게 되기까지 나 역시 작가들 대개가 그렇듯 우여곡절이 많았는데, 특히 단독 저자로는 첫 책이었던 산문집이 출간된 뒤에는 코로나로 인해 한국에 나갈 수 없는 상황이어서 가족, 친구, 출판사에서 찍어 보내준 사진을 통해, 이제는 방방곡곡에 지점을 둔 교보문고 여기저기에 내 책이 진열된 모습을 확인하며 아쉬움을 달랬다.

현재 내가 사는 동네에는 대형 서점이 없고, 작은 서점만 몇 군데 있다. 동네 서점 특유의 개성이나 아늑함이 좋아서 한가한 날이면 그곳들을 순례하듯 번갈아 가는데, 어떤 서점이든 규모와 관계없이 그곳으로부터 얻어 오는 영감과 위안은 한결같다. 우선, 가치 있는 콘텐츠에 다다르려면 끝도 없이 뿌리쳐야 하는 온라인 세계의 광고 공해가 서점에는 없다. 작가와 독자가 종이로 된 방에서 방해받지 않고 만날 수 있는 것 자체로 물성 세상의 거룩함은 넘볼 수 없는 것이 된다.

몇 달 전 〈뉴욕타임스〉에 미국 최대의 서점 브랜드로 한때 승승장구하다 고전을 면치 못하고 있던 반스앤노블을 응원하는 칼럼이 실렸다. 영국의 오프라인 서점을 부흥시킨 제임스 던트를 운영 책임자로 기용해 오프라인 서점으로서 재기를 시도하는 반스앤노블을 보면서 〈뉴욕타임스〉의 스타 필진 에즈라 클라인이 쓴 글이었다.

미국의 언론사 중 온라인 사업화로의 전환을 가장 성공적으로 이루어낸 곳의 간판급 칼럼니스트인 에즈라 클라인은 어린 시절 학습 능력도 떨어지고 파티에 초대받지도 못하는 아이였던 것으로도 유명하다. 비호감 아이였던 에즈라 클라인에게 낙이 있었다면, 일주일에 서너 번씩 아버지가 반스앤노블 서점에 데려가주는 것이었는데, 거기서 그는 무수한 책을 섭렵하며 자랐다고 했다. 하지만 반스앤노블은 이후 더 싼 가격을 내세워 공략하는 아마존과의 경쟁, 전자책 시장 활성화 등등의 이유로 경영난을 겪으며 매장 문을 하나씩 닫았고, 독자이자 소비자로서 남과 다를 바 없이 그 시류에 일조했던 에즈라 클라인은 일종의 죄책감을 느끼며 서점의 재기를 염원하는 글을 써 띄운 것이다.

에즈라 클라인이 바닥을 치는 성적으로 고등학교에 다니던

2001년, 나는 미국에서의 삶을 막 시작한 새댁이었다. 학생 살림으로 물가 비싼 보스턴 근교에 거주하며 생활비가 늘 부족했던 우리 부부는 반스앤노블에 자주 갔다. 미국에 와서 체험한 대형 서점은 개념 자체가 새로웠다. 도서 보유량은 둘째 치고, 매장을 응접실처럼 꾸며놓고 편안한 의자를 넉넉히 배치해 고객들이 쉬기도 놀기도 할 수 있게 만들어놓은 게 별천지 같았다. 책을 사든 말든 눈치도 주지 않고 안락한 편의를 제공하는 여유가 신기해서 이런 게 강대국 기업의 배포인가 싶기도 했다. 매장 한쪽에는 대개 스타벅스가 있어서, 음료나 케이크 같은 걸 사 먹을 수 있었고, 마치 도서관처럼 커다란 책상이 있기도 해서 책을 펴놓고 공부하는 학생들을 흔하게 볼 수 있었다. 넉넉한 면적으로 구획된 어린이 코너에는 도서는 물론이거니와 아이들이 환호하는 놀잇감도 그득했다.

다른 지역으로 이사를 하고 두 아이를 차례로 낳아 키우던 때에도 나는 걸핏하면 아이들을 데리고 반스앤노블에 갔다. 거기서 내 아이들은 서점 직원이 책을 읽어주고 쿠키를 나눠주는 이벤트를 경험했고, 토마스 기차 레일 테이블에서 처음 보는 아이들과 놀면서 사회성을 기르기도 했다.

아이들은 자라면서 바빠졌고, 우리가 대형 서점이 없는 동네로 이주도 한 터라 이런저런 이유로 관심을 두지 않고 있었는데, 반스앤노블이 파산할 지경에 이르렀다는 소식이 들려왔다. 에즈라 클라인이 그랬던 것처럼 나도 안타까운 동시에 죄책감을 느꼈다. 대형 서점의 이점만 이용하고 정작 책은 내가 누린 편의에 상응할 만큼 그곳에서 사지 않았다는 생각이 든 것이다.

물론 반스앤노블이나 보더스 같은 대형 서점들이 승승장구하던 시절엔, 그로 인해 작은 서점들의 숨통이 끊긴다며 질타하던 목소리가 있었다. 하지만 시절이란 얄궂은 데가 있어서, 작은 서점들을 잡아먹었던 포식자 반스앤노블이 더 상위의 포식자가 된 아마존에 박살이 나는 사이클에 걸려들고 말았다.

반스앤노블이 시도 중인 새 영업 전략의 핵심은 매장 규모를 줄이고 각 매장의 지역 특성화를 꾀하는 거라고 했다. 중앙통제 느낌의 색깔을 지우고 독립 서점 분위기를 지향한다니 격세지감이 들지 않을 수 없다. 서점이 그저 서점이었던 과거에 답이 있는 거라면, 서점도 독자도 먼 길을 돌아 돌아 원점에서 다시 만나게 되는 셈이다. 나는 반스앤노블이 골라낸 답에 동그라미가 그려졌으면 좋겠다. 큰 서점이든 작은 서점이든 책을 파는 곳이 사라진 세상이 마음에 들 리는 없으니까.

어린 시절의 나는 동화책을 손가락으로 짚어 읽어가며 글을 깨쳤다. 방문판매원에게서 사들인 아동도서 전집들을 한 권씩 읽어나가면서 책에 재미를 붙였고, 그중 유독 좋았던 몇 작품은 여러 번 반복해 읽었다. 그러고 나서는 내가 읽을 책을 내 손으로 직접 고르고 싶어졌는데, 서점에 가서 단행본을 한 권씩 사서 읽기 시작한 게 아마 그때쯤이었던 것 같다.

이전까지 내가 읽었던 이야기 속 주인공들은 다 먼 나라의 서양 여자애들이었으나, 처음으로 내가 직접 골라 산 책의 표지에는 한국 여자애가 그려져 있었다. 나와 비슷한 또래 같았는데, 아기를 업었고, 귀밑까지 바짝 자른 단발머리를 했다. '몽실 언니'라는 제목이 찍힌 그 책을 품고 집으로 오면서 폴짝폴짝 뛰었던가. 몽실이 같은 언니가 있었으면 하는 엉뚱한 생각도 했던가.

내 첫 서점 체험으로 만났던 몽실이에게는 이민진 작가의 《파친코》 속 선자가 격동의 한반도에서 조금 더 앞서 태어난 언니일 터다. 내 세대의 한국 여자들은 '그 모진 세월'로 시작되는, 저마다 달라도 서로 닮아 있는 이야기 속 언니들을 알고 있다. 몽실이도 선자도 우리가 아는 그 언니들이다. 두 여자가 닮은 듯 다른 각자의 삶을 일구며 살아냈듯이, 우리 모두 닮은 듯 다른 각자의 길을 살아가면 되는 거겠지 생각하며 기억의 책장을 덮는다.

에필로그

어쩌면 나만큼이나 외로울지도 모를 당신에게

지금처럼 온라인 서점을 통해 해외에서도 도서를 배송받을 수 있게 되기 전에는 한국에서 출판된 책에 늘 기갈이 나 있었다. 우리 집을 방문하는 친지가 가져다주거나 한국에서 선물로 부쳐준 책이 손에 들어오면 특별 보너스라도 받은 양 마음이 풍요로 채워졌다.

언젠가 동생이 보내준 소설책 한 권을 재미나게 읽고 난 뒤였다. 내 연령대의 정서에 꿀처럼 달라붙으면서도 여운과 질문의 무게감은 적지 않았던 구성이 돋보여서 작가 이력을 다시 들여다보며 머물러 있었다. 전에는 들어본 적 없는 작가였는데, 나와 동갑내기인 데다 비슷한 성장 과정을 가진 이로 보였다. 도시에서 큰 사연 없이 자란 익명의 대다수가 으레 그렇듯 비범한 구석은 없을 거라고 치부되기 십상인 배경을 가진 사람의 소설을 읽고 나는 느닷없는 열패감에 사로잡혔다. 작가가 되겠다고 도전해본 적이 없으니 그건 분명 뜬금없는 질투였는데, 어쨌거나 그 순간의 나는 뭔가 놓친 것도, 빼앗긴 것도 같은 기분이 당황스러워 아랫입술을 깨문 채 집 안을 서성댔다.

본격적으로 글을 쓰게 된 건 아마도 그때 생겨난 상실감이 내면의 바닥에 뿌리를 내린 결과일 것이다. 내 열망의 줄기는 허겁지겁 자라나 사방에 문장을 뻗으며 무수한 꽃들을 피워냈다. 이주민의 고독을 산소처럼 들이마시고, 태초의 언어를 마음껏 쓰지 못하는 속앓이를 비료처럼 흡수하면서 피워낸 꽃들은 조금이라도 바람이 불면 헤프게 씨를 날렸다. 날아간 씨는 도착한 토양에 따라 소설이 되기도, 수필이 되기도, 르포가 되기도 했다. 사람과 마찬가지로, 이야기도 위치에 따라 제 운명을 만들어나간다는 걸, 나는 작가로 향해 가는 길에서 알게 되었다.

근 몇 년 동안 머릿속에서 솟아나 흘러 나가지 않고 고여 버티는 것들을 온라인 미디어 〈더칼럼니스트〉에 기고해 선보이기도 했고, 따로 써서 모아두기도 했다. 분량을 조절해가며 쓰느라 칼럼에 미처 다 담지 못한 내용을 추가 보완해 원고를 다듬었고, 새 주제를 담은 글들은 종착점을 염두에 두지 않고 비교적 자유롭게 쓴 터라 긴 호흡의 글이 되기도 했다.

이렇게 완성된 《나의 외로운 지구인들에게》가 나오기까지 나보다 더 나를 믿어준 남편에게 고마움을 전하고 싶다. 내 생활의 영역대에서 완전한 한국말로 대화할 수 있는 유일한 사람이자 평생의 절친인 남편은 늘 내가 쓴 그날의 원고를 읽어주는 첫 번째 독자였다.

내 글에서 펴낼 만한 가치를 보고 책으로 만들어주는 책과 이음 출판사에는 깊은 감사에 덧붙여 무한한 동지애를 표하고 싶다. 마지막으로, 책이라는 통로로 들어와 결국엔 가장 내밀한 나와 만나게 될 독자에게 사랑을 보낸다. 아마도 어쩌면 나만큼이나 외로울지도 모르는 지구인, 당신에게.

여름이 멈춰 서 있는 코네티컷에서

홍예진